U0057291

夏目漱石 著

楊明綺 譯

夏目漱石短篇集：夢十夜與永日小品

和日本文豪一起做夢與生活

目次

永日小品

寫在前面——夏目漱石的人生絮語

◎廖秀娟（元智大學應用外語系副教授）

夢境是許多作家會使用的寫作手法，但是以方法來描寫「夢境」的，夏目漱石應該是日本近代文學中的第一人。而當中評價最高的，無庸置疑就是他發表於《東京朝日新聞》與《大阪朝日新聞》的作品〈夢十夜〉（一九〇八年七月二十五～八月五日）。〈夢十夜〉是一篇極具特色的作品，漱石試圖利用文學形式將難解的夢境文學化，透過夢境在夢幻風趣中將人類存在的深淵，或是深層意識中深藏的焦燥不安與渴望給映照出來。

〈夢十夜〉中所寫的十個故事縱觀來看具有多個面相，首先我們可以發現多處故事人物在「等待」的描寫。〈夢十夜〉的第一夜中，女人將死之際曾經告訴男人，「請等我一百年」、「請坐在我的墓旁等我一百年，我一定會來見你的」，當時男人回答「我會等妳的」，日復一日漫長的等待直到白百合花開時，男人這時才察覺到女人所承諾的一百年已經到了。透過男人的心境我們感受到等待時倍受不安與未知煎熬的難耐。人為何會同意「等待」，這不外乎我們相信對方，基於信任而遵守著與他／她交換的諾言，也因此當我們相信了對方，對方的諾言與話語就擁有了拘束我們的魔力，透過「等待」我們從此被他／她的話語所困，反覆煎熬不斷地受困在他／她會來或不會來的不安焦慮之中。女人以白百合之姿出現，透過日語文字中「百年再相逢」（百年、合う）所意謂的「百合」以及女人白皙的肌膚，溢出眼眸的淚珠與天上滴落的露滴等隱喻層層堆疊架構出百合即是女人的化身，讓男人的漫長等待得以獲得回報。

然而，多篇等待的故事中以喜劇收場的只有第一夜，其餘皆是無疾而終的失望與失落。例如第四夜中一直孤身站立在河岸邊的蘆草中，凝視著河面等待老爺爺上岸變出蛇來，卻怎麼等也等不到的孤寂與失落，或是第五夜中被捕的武士在天亮死刑執行之前，心急如焚地期盼，焦慮地等待心愛的女人能及時來見他最後一面，卻在天探女的攪亂之下無緣道別。

同時〈夢十夜〉也是一個描寫喪失，期望落空，空虛徒勞的故事。第六夜中鎌倉時期的名雕刻師運慶不知為何出現在現今的明治時代，在護國寺的山門前從木頭中雕刻出了仁王像。根據他的說法，仁王的一眉一鼻並不是被鑿刻出來的，而是原本就被埋在木頭裡只是等待著被鑿與槌的力道敲擊出來而已。然而「自己」敲遍了全部的木頭卻仍鑿刻不出深藏在木頭裡的仁王。第九夜中隨時都有可能發生戰爭的時世，武士身分的父親已經遠赴戰場。母親每夜為了祈求丈夫的平安歸來，深夜一人帶著小孩來到神社進行百次參拜，據傳從神社門前走到神殿之前如此往返參拜百次，神明就會實現人們的願望。然而擔憂丈夫安全的女人在百次參拜時，為了顧慮自己三歲小孩的安全，以細繩將他繫在神社拜殿的欄杆，讓他可以一定範圍的移動，又不會干擾女人為丈夫祈求平安。然而如此讓女人焦慮憂心的丈夫其實早在多年以前就已經被流浪武士所殺。

接續在〈夢十夜〉半年之後發表的作品〈永日小品〉是收錄了一九〇九年一月一日至三月十二日刊載在《東京朝日新聞》與《大阪朝日新聞》作品群，合計二十五篇作品的合集，每篇風格各異、內容多歧，由於〈夢十夜〉大受讀者的好評，因此在大阪朝日新聞主編鳥居素川的邀約之下，希望漱石能夠在長篇連載小說之間，再度執筆類似〈夢十夜〉的作品。而漱石的文筆精湛，〈永日小品〉的表現手法確實宛若〈夢十夜〉，卻又絕不重複。若說〈夢十夜〉是夜的世界，那〈永日小品〉則可說是白晝間的夢。文學研究家佐佐木充曾如此解釋漱石的「永日」，就是不會進入黃昏的春天日永日長。也因此我們可以發現〈夢十夜〉的作品世界多以夜晚為設定，在深夜暗闇之中發生，以此強化出作品的夢幻性。另一方面，〈永日小品〉則設定為白晝之夢，因此多以現實之事為主，採用多種實驗性的撰寫手法。例如故事中帶有隨筆風格地描寫著漱石現今的日常生活如作品〈火盆〉，不一會兒又回溯到他遠赴英國留學時的過去，像是〈寄宿〉、〈過往的氣味〉、〈印象〉、〈霧〉，以及青少年期時間的體驗，當中也有幾篇是如〈夢十夜〉般夢幻性的作品，如〈蛇〉、〈火災〉、〈心〉。

日本在日俄戰爭之後，文壇上「小品」這個文學形式突然急速興起，漱石的〈永日小品〉也是在這樣的時代潮流中孕育而出的。當時的新進評論家松原至文在《小品文範》是如此定義小品的寫作精神：「近代人的心情、心緒、隨著情緒的變動轉折就成了一種碎片式的展示，讓小品成為有別於短篇文學小說的新型態寫作模式。（略）隨著情緒的移轉，轉換成剎那間下所映照出的自然碎片、人生碎片。」也就是說情緒、碎片、剎那、改變是小品的重要要素，以感覺描繪出瞬間的幻影。二十五篇作品看似漫不經心似的編排，沒有貫穿篇與篇之間的連繫，其實背後有著統一的主題，透過現在與過去的往返來表現出漱石對於永日的感受。

當中，作品〈火盆〉被松原至文採用收錄到《小品文範》之中，〈火盆〉作品中的視點人物「自己」，在某個寒冷的冬日夜晚，因為煩雜的瑣事而心煩，情緒難以平靜，眼一睜開察覺到放在肚子上的懷爐已經涼了，昨日下的殘雪還是如此寒冽，將手靠著書齋裏的火盆試圖抵擋一些寒意，但卻對什麼事都提不起勁。兩歲的男孩一直哭鬧著，客人來也是沒有心情想與之深談，最後在妻子的建議下去了錢湯，身體暖呼呼地回到家後書房裏的炭火已經補上，「自己」一邊啜飲著妻子端來的蕎麥湯，一邊聽著在洋燈照射下火盆中炭火發出的聲響，暖意深深浸入心底。

然而接續著〈火盆〉的暖意，下一篇漱石就將我們轉入了他以留學英國時的體驗為基底的作品〈寄宿〉、〈過往的氣味〉，或許火盆中炭火冷卻下的寒意勾起了他過往滯英時的經驗與記憶中的苦澀。〈寄宿〉一篇如題名所示，是以他在倫敦留學時的寄宿地為舞台，他回想起宿舍中朝北的小食堂、照射不到日光的陰暗小房間，裏頭插著孤零零的水仙，英國對他來說，就是陰鬱寒冷的印象。〈過往的氣味〉則是離開〈寄宿〉中的寄宿地之後三個月，為了與友人K君見面又再度拜訪，在他一踏入房門的瞬間，這三個月一度忘記的「氣味」在狹窄的走廊下再度被喚醒，讓他一度彷彿看到了「幽暗的地獄」無力步上二樓去見朋友。然而與此同時，他又在〈寄宿〉中想起了在隔海相望的法國時做了一個充滿暖意的夢，以及在〈溫暖的夢〉中描寫了希臘的春暖，與英國的冷鬱在此有了強烈的對比。北方的英國在作者的筆下被塗滿了負面的情緒，在溫暖的希臘與法國之下，英國倫敦給他的只有在都市群體的孤獨與寒冷。這部分的描寫可以在本小品作品〈印象〉（「在眾多眼睛疲累的人群中，我感到一種難以言語的孤獨」），或是在作品〈霧〉中看得到（「我在黑暗中一人孤獨的站立思考」）。

另一篇作品〈心〉被認為與〈夢十夜〉有關連性。故事中的敘事者「自己」身處在孤獨之中。即便出去散步，走在眾多的人群當中，也絲毫不能撫慰他的孤單，周圍全是喧騰、活潑、歡樂的人們，「自己」卻彷彿被世界隔開，與這歡樂世界毫無瓜葛般地活著。然而就在某個風和日麗的時刻，他與一隻小鳥相遇了，「自己」與小鳥就像是靈魂相契似的，孤獨的靈魂在小鳥的陪伴下得到了慰藉與撫平。如上，透過這樣多篇〈永日小品〉中的作品進行對照可以知道作品中有如〈寄宿〉與〈霧〉的寒冷與陰鬱，同時也有如〈火盆〉、〈溫暖的夢〉、〈心〉般的暖意與光明。換言之，〈永日小品〉中所描寫的「寒」與「暖」並不單單只是氣溫上的冷寒與日暖，而是更深層地切入作中人物「自己」的身體內部與精神深處，以此串接而成的作品合集。

日本美術史學者持田季未子曾說過，〈夢十夜〉的每一夜都以「我做了這樣的夢」開場，明確地指示出這是一個被夢境所封閉的空間，不論是惡夢或是如同被畫框所圈住的繪畫，或有如舞台上的戲劇一般，觀眾都在安全的地方看著夢境中故事的進行。相對的，〈永日小品〉就像是無畫框侷限範圍般，內與外的世界相互浸透。看似平凡的私小說般地寫出自己的身邊紀錄，下一瞬間又跳入超現實的世界；故事一開頭說著自己身旁的瑣事，一轉眼又回到了過往記憶深處中充滿陰鬱冷寒的國度，讓讀者一刻也無法放鬆，必須緊追著作者的思緒與敘事的腳步，這即是文豪夏目漱石為我們所展現的剎那間的碎片——黑夜與白晝交錯的夢境幻影。

夢十夜

第一夜

我做了這樣的夢。

我雙手交臂，坐在床邊，一旁仰躺的女人靜靜地說：「我快死了。」女孩的長髮披散枕上，輪廓柔美的鵝蛋臉置於其上。蒼白臉頰透著微微血色，嘴唇當然也是紅的，怎麼看都不像瀕死之人；女人卻用平靜的聲音，斷然地說：「我快死了。」我也覺得她似乎將不久於人世。我看見夢中的我低頭窺伺地說：「是嗎？快死了嗎？」只見口口聲聲嚷著自己快死的女人卻突然張大眼，被長長睫毛包圍的濕潤眼眸是一派漆黑，我的模樣映在她那漆黑眼眸深處。

我凝望著她那深邃雙眸，心想：這就是死亡嗎？於是我湊向枕邊，又問：「妳不會死吧？妳沒事吧？」女人勉強睜著惺忪雙眼，仍舊口吻平靜地說：「死亡這事，由不得我啊！」

我又懇切地問她是否看得見我，她微笑地說：「不是映在這裡嗎？」我默默地移開視線，雙手交臂地想著：她真的就這麼死去嗎？

過了一會兒，女人又說：

「我死了之後，請安葬我，用大珍珠貝挖個深坑，再用天上落下的星辰碎片做個墓碑，然後在墓旁守候，因為我會歸來。」

我問她何時歸來。

「太陽升起又西沉，日出日落，周而復始，不是嗎？當火紅太陽由東向西行進時……，你會等我嗎？」

我默默頷首。女人稍稍提高聲調：

「請為我守候百年。」突如其來地說。

「請守候在我的墓旁百年，我們一定會相逢。」

我承諾自己會守候。只見我那映在黑色眼眸的模樣突然瓦解，有如水面的倒影突然扭曲，快要溢出來時，女人閉上雙眼，從長長睫毛間淌下的淚水滑落臉頰。……她就這樣去了另一個世界。

我走到庭院，用珍珠貝挖了個坑，又大又光滑的珍珠貝邊緣異常尖銳。當我挖土時，貝殼裡閃爍著月光，還嗅到濕濕的泥土氣息，不久便挖好深坑。我將女人放進坑裡，鋪上柔軟的土；每鋪一次土，貝殼裡就閃爍著月光。

然後我拾起一片星辰放在泥土上。圓圓的星辰碎片經過漫長的太空旅途，被磨得光滑。當我捧起它，將它放在泥土上時，感覺胸口與手變得暖和多了。

我坐在青苔上，一邊思索著是否就這樣守候百年，一邊雙手交臂地眺望著圓形墓石。就在這時，女人說的太陽從東方升起，也會如她所言，沉入西邊。火紅太陽靜靜地落下；我數著，這是第一回。

過了一會兒，又從胭紅天邊升起，然後默默西沉。我又數著，這是第二回。

就在我默數一回、二回時，已經不曉得看過幾回紅日了。數著、數著，無數紅日越過我的頭頂；縱然如此，百年還沒到。我望著布滿青苔的圓石，心想自己該不會被她騙了吧。

冷不防瞧見石頭下方有枝青莖斜斜地朝我伸來，高度正好停在我的胸口位置。隨風搖曳的莖頂長著一朵細長花苞，緩緩綻放，雪白的百合清香撲鼻而來。從遙不可及的遠方落下一滴露水，花兒因著重量搖晃。我探頭，親吻承受露水的白色花瓣。就在我抬頭時，望見遙遠天際閃爍著一顆耀眼星辰。

「已到百年了。」我這時才驚覺。

第二夜

我做了這樣的夢。

我從和尚的房間退到走廊，告知要回房。房間的燈火昏黃，我一腳踏上坐墊，想要點亮燈時，花般的丁香燈油落在朱漆臺子上，房間剎時變得明亮。紙門上的畫出自蕪村[1]之手，濃淡黑柳遠近散布，戴著斗笠的漁夫縮著身子走在堤防上；壁龕掛著海中文殊菩薩的畫像，燃盡的線香散發幽微香氣。偌大的寺院異常清冷，杳無人煙。黑色天花板上掛著圓燈，圓圓的燈影彷彿有生命。

我單腳跪著，用左手捲起坐墊，右手伸進去一探，還在，那東西果然還在。安心許多的我將坐墊擺好，端坐其上。

「你是一介武士，身為武士，必須有所覺悟；如果一直無法悟道，你就不是武士，而是人渣。哈哈！惱火了嗎？」這麼說的和尚呵笑著，隨即又望向別處，說道：「要是不甘心，就證明給我看啊！」這番話令我不解。

當隔壁大廳的座鐘再次響起時，一定要悟道；有所悟，今晚才能再次入室求教。用悟道來換和尚的首級，倘若無法悟道便無法取他的命，所以非做到不可，因為我是武士。

如果不能有所覺悟，只有自行了斷一途，畢竟受辱的武士沒理由苟且偷生，必須死得壯烈。

就在我這麼暗忖時，手又不由自主地探向坐墊底下，抽出一把紅鞘短刀。我緊握刀柄，甩掉紅色刀鞘時，昏暗房間閃現一道冷冷刀光，宛如強韌的生命從我手中奔逃。殺氣凝聚於刀鋒，看到銳利刀鋒猶如針頭般尖銳，便不由得想揮舞。全身血液流向右手手腕，緊握的刀把牢牢附在手上，嘴唇發顫。

我將短刀入鞘，挾在右腋後，擺好架勢……。

趙州曰無，何謂無？我咬牙切齒地罵了句「臭和尚」。

因為過於用力咬牙，鼻孔頻冒熱氣，太陽穴隱隱作疼，眼睛比平日瞪大了兩倍。

我看到掛起來的東西，看到燈火，看到榻榻米，還看到和尚的禿頂，甚至聽到他咧嘴嗤笑的聲音。真是個怪和尚！為何非要剃光三千煩惱絲？一心要悟道的我口中唸著「無」、「無」。明明說了無，還是嗅到線香味道，八成是被線香擾亂心緒。

我突然握拳猛捶自己的腦袋，頓時牙齒咯咯作響，兩邊腋下頻冒汗，背脊僵硬，突然覺得雙膝關節疼痛不已，痛到懷疑是否骨折。真的好疼、好痛苦，怎麼也擠不出「無」字，想說出來，痛得更厲害。我好氣、懊惱不已，深感後悔，淚水奪眶而出，整個人猶似撞擊在巨岩上，骨頭碎裂，血肉模糊。

縱然如此，我仍強忍著被撕裂的痛楚，端坐著。焦急地想將一切痛楚從體內肌肉拔除，從毛孔摒除；無奈渾身上下沒一處清通，好似找不著出口般狼狽至極。

這時，感覺自己不太對勁。無論是燈火、蕪村的畫、榻榻米、棚架都不見了，都看不見了。「無」並非出現，而是一派閒適地端坐著。突然從隔壁傳來鐘聲。

我怔住，右手立刻握住短刀。鐘又敲了一下。

譯註1　與謝蕪村，一七一六—一七八四，江戶時代中期的俳人、畫家。

第三夜

我做了這樣的夢。

我背著六歲小孩，是自己的孩子沒錯；但不可思議的是，孩子的眼睛不知何時瞎了，還成了小和尚。我問他何時眼睛瞎了，他回說很久以前。明明是稚嫩的嗓音，口氣卻像大人，和我如同平輩。

兩旁都是青綠稻田，路很窄，不時有白鷺鷥掠過。

「走在田地了吧。」從背上傳來聲音。

「你怎知道？」我回頭問。

「白鷺鷥在啼叫呀！」他回道。

此時，又傳來兩聲白鷺鷥的啼叫。

雖說是自己的孩子，卻覺得有些頭皮發麻，想說背著這樣的東西，不曉得會發生什麼事。正想找個地方棄了，瞧見昏暗前方有片森林；就在我心想那就丟棄在那裡時，從背上傳來「呵呵」笑聲。

「笑什麼？」

孩子沒答腔，只是問道：

「爹，重嗎？」

「不重。」我說。

「現在變重囉。」他說。

我默默地走向森林。無奈田中小徑錯綜，始終走不出去。不久便出現岔路，我站在岔路口，稍事歇息。

「應該有塊石碑吧。」小和尚說。

果然有塊八寸見方，高及腰際的石碑，上頭刻著：「左邊日窪，右邊堀田園」，有如蠑螈紅色腹部的鮮紅字體在昏暗中分外醒目。

「走左邊比較妥當吧。」小和尚命令。我往左瞧，方才看到的那片森林黑影在頭頂上張牙舞爪，令我有些猶豫。

「沒必要猶豫。」小和尚又說。我只好無奈地走向森林，一邊走，一邊暗忖這孩子明明眼盲，卻無所不知啊！「眼睛還真是不便呀！」從背上傳來聲音。

「我背著你，不就得了嗎？」

「勞你辛苦，真是對不住。不過啊，絕對不能蔑視別人，何況是被自己的親爹娘。」
對他心生厭惡，只想趕緊將他棄於這片林子。
「再走一下就明白了。恰巧是這樣的夜晚啊！」他在背上自言自語。
「什麼啊？」我不耐煩地問。
「你不明白嗎？」孩子語帶嘲弄地說。我似乎有些了然於心，卻又不太確定，只依稀記得好像也是這樣的夜晚，或許再走一下就明白了。總覺得一旦真相大白就麻煩了。還是趁早棄了他吧。否則難以安心。這麼想的我加快腳步。
下雨了。路變得愈來愈昏暗，恍若置身夢中。背上的小和尚緊趴著，他好似一面映照我的過去、現在與將來的鏡子，一覽無遺地映照著；而且他是我的孩子，還是個瞎子，真令人難以接受。
「這裡！就是這裡！就在那棵杉樹下。」
小和尚的聲音在雨中依然清晰，我不由得停下腳步，不知不覺已入了林子。
我瞧見聳立於前方百來米的黑色之物確實是小和尚說的杉樹。
「爹，就在那棵杉樹下唷！」

「嗯，是喔。」我不由得回道。

「那是文化五年，辰年的事吧。」

原來是文化五年，辰年的事。

「今日正好是你殺了我，滿百年的日子呢！」

我聽到這句話，腦中頓時浮現百年前，也就是文化五年辰年之時，我在這樣的昏暗夜晚，在這棵杉樹下，殺了一位盲者的光景。當我想起自己殺人一事時，背上的孩子倏然變得有如石造地藏王般沉重。

第四夜

我做了這樣的夢。

寬敞的水泥地上擺著像是乘涼用的臺子，四周擺著幾張小凳子；臺子黑得發光，有位老爺爺坐在膳桌前獨自小酌，下酒菜好像是佃煮料理。

酒過三巡後，老爺爺的臉愈發紅透，光滑的臉上沒有半點皺紋，只有白鬍透露他上了年紀。還是孩子的我心想：老爺爺到底多大歲數呢？

提著水桶去後院取水的阿神，邊用圍裙擦手，邊問：

「爺爺，您多大歲數啦？」

爺爺將口中的東西吞下肚後，說道：

「我也忘了。」阿神將擦淨的手插在細長的腰帶縫隙，瞅著爺爺的臉。爺爺用茶碗大的碗，大口喝酒，然後長嘆一口氣。

阿神又問：

「爺爺住哪兒呢？」正在嘆氣的爺爺回了句「肚臍裡頭」。

阿神的手依舊插在腰帶縫隙，問道：

「去哪兒呢？」

只見爺爺又啜了一大口熱酒，嘆氣道：

「去那裡吧。」

「直走嗎？」阿神再問時，呼出的氣透過紙窗，穿過柳樹下，直朝河岸去。

老爺爺步出門外，我也隨後。爺爺腰間掛著一個小葫蘆，肩上擔著四方形箱子，淺黃色褲衩與無袖背心，只有足袋是黃色的，好像是皮製的足袋。

老爺爺直走到柳樹下，樹下有三、四個孩子。爺爺微笑著，掏出繫在腰際的淺黃色手巾，將其搓成細繩放在地上，在周遭繪了個大圓。末了，從擔在肩上的箱子拿出一把黃銅製笛子，就像雜貨店賣的那種。

「現在要把這條手巾變成蛇，看好囉！看好囉！」老爺爺反覆說道。

孩子們目不轉睛盯著那條手巾，我也是。

「看好囉！看好囉！好了嗎？」老爺爺邊說，邊吹笛，只見手巾在圓圈裡往上轉。我直盯著那條手巾，手巾卻文風不動。

老爺爺吹得笛子嗶嗶作響，在圓圈裡轉了好幾回。踮起草鞋似的，一副躡手躡腳樣，刻意避開手巾似地轉著。看起來有些可怕，也挺有趣。

老爺爺的笛聲總算停了。只見他打開擔在肩上的箱子，捏起手巾放了進去。

「這麼一來，手巾就在箱子裡成了蛇。現在就讓你們見識見識囉！看好囉！」爺爺邊說，邊往前行。他走過柳樹下，走過小徑。我因為想見見那條蛇，連忙追了上去。爺爺嘴裡不時說著「就是現在」、「變成蛇」，末了還唱起來。

「現在變，變成蛇，

一定會變成蛇，笛聲鳴響。」

老爺爺邊走邊唱，走過河岸。因為那地方沒有橋，也沒有船，想說他會在這裡歇腳，讓我們瞧瞧蛇，不料他卻大踏步地走進河裡。一開始水深及膝，逐漸漲至腰際，最後連胸部也完全浸於水中。老爺爺仍不停唱著：

「變深了。夜深了。

變成直直的。」

他邊唱，邊往前走，不久就連他的鬍子、臉、頭和頭巾都見不著了。

我一直想說老爺爺回到岸上時，會讓我們看那條蛇。便獨自站在蘆葦叢中等著，無奈卻遲遲不見他上岸。

第五夜

我做了這樣的夢。

那是年湮代遠，相當於諸神開天闢地的時代吧。從軍的我不幸在戰場上被生擒，擄至敵軍的首領面前。

那時代的人們都是高頭大馬，蓄著長鬍子，腰間繫著皮帶，佩著長劍；弓應該是用粗藤做的，沒上漆也沒打磨，極為粗陋。

敵方首領右手持弓，弓立在草地上，坐在像是酒甕倒置的東西上。細瞧他的容貌，一對濃眉幾乎相連，那時代當然沒有剃刀之類的東西。

身為俘虜的我當然沒得坐，只能盤腿坐在草地上。我穿著一雙大草鞋，那時代的草鞋可是及膝長，上頭還留些沒編的稻草作為垂飾，所以走起路來，一搖一晃的。

高舉火把的首領瞅著我的臉，問我想死還是求生，這是那時代的習慣，任誰逮獲俘虜時都會這麼問。回答求生的話，表示願意投降；回答求死的話，就是不肯屈服。我只回了句「求死」，只見首領拿起立在草地上的弓，拋向遠方，隨即迅速拔劍。風吹得篝火燒得猛烈，我舉起右手，抬眼看向將軍，示意他等等。

那時代也是講情愛的，我希望臨死前再見心愛的女人一面。首領說那就等雞啼天明之際再行刑，但必須趕在雞啼前將女人帶至，倘若女人沒來，就會送我上西天。

首領又坐下來，看著手上的火把；我則是坐在大草蓆上等待女人到來。夜更深了。

不時傳來火屑掉下來的聲音，崩落得火屑襲向首領，那雙濃眉底下的雙眼炯炯有神。首領不時命人添些新柴，不一會兒，又是烈焰熊熊，在昏暗中發出猛烈聲響。

於此同時，有個女人解開原本繫在楢樹上的白馬，撫摸了三次馬背後，身姿輕盈地躍上馬。這匹馬沒裝馬鞍，也沒裝足蹬；女人用白皙修長的腿踢了一下馬腹，馬兒便朝前狂奔。不知是誰又添了新柴，遠方天空顯得有些明亮，馬兒朝著明亮處狂奔，快到鼻頭竄出火柱似的氣息；女人用纖細的腳頻頻踢著馬腹。馬蹄聲在空中急促回響，女人的長髮在暗夜中飛揚，她並沒有來到燒著篝火的地方。

此時，昏暗路旁傳來雞啼。女人仰身，雙手握緊韁繩，馬兒的前蹄停在堅硬岩石上。

又傳來一聲雞啼。

女人「啊」了一聲，放鬆緊握的韁繩，只見馬兒屈膝，和馬上的人一起往前衝，崖下是萬丈深淵。

岩石上仍舊留著清晰的馬蹄印，那幾聲雞鳴是天探女[1]假裝的，只要蹄印永遠刻在岩石上，天探女就永遠是我的敵人。

譯註1　又稱「天邪鬼」，專門與人作對的小鬼。

第六夜

運慶[1]在護國寺山門刻的那尊仁王像，深受好評。我想散步時順道去欣賞，沒料到已有許多人慕名而來，聚在一起，議論紛紛。

山門前五、六間家屋的地方，有棵大紅松，橫生的枝椏遮蔽了山門的屋瓦，直朝遙遠青空伸展，蒼松朱門相映成趣。松樹處的位置絕佳，絲毫不影響大門左側的視野，從旁斜切伸長，越過屋頂，直衝天際，別有一番古意盎然，令人聯想到鎌倉時代。

然而，前來遊賞的人和我一樣都是明治時代的人，且以車伕居多，八成無聊地候在一旁等待生意上門吧。

「好大一尊啊！」有人說。

「這比雕刻人像還困難吧。」還有人這麼說。

就在我深表同感時，聽到有個男人說：「哦，仁王像啊！現在還有人在刻仁王像嗎？我還以為所有仁王像都是古時候雕刻的呢！」

「看起來好威武啊！以前要說誰最厲害，再也沒有比仁王厲害的了。可是比日本武尊還要強呢！」還有個男子這麼說。說話的是個捲起衣袖，沒戴帽子，看起來沒受過什麼教養的人。
運慶不受周遭閒言閒語之擾，不停揮著手上的鑿子與鎚子，頭也沒回地坐在高處，專心刻著仁王的容貌。
運慶頭上戴著一頂像烏紗帽的小帽，一身素袍，偌大的袖子紮於身後，裝扮十分古樸，和周遭人物格格不入。我正詫異運慶怎麼會出現在這裡，心想著實不可思議，就這麼站著觀看。
運慶不以為意地繼續幹活，努力雕刻著。一旁仰頭觀看的年輕男子看向我。「不愧是運慶啊！一副天下英雄唯有仁王與我，真是好樣的！」如此讚美。
我覺得他的這番話頗有趣，瞅了一眼年輕男子，他又說：
「瞧他使用鑿子和鎚子的模樣，簡直是出神入化啊！」
運慶正在修整仁王那對濃眉的高度，只見他手上的鑿子或豎或斜地刻著，還用鎚子敲了好幾下。堅實的木頭每被削刻一次，就有大量木屑應著搥聲噴飛，不一會兒，雕像的鼻翼便浮現，刀法精準俐落，毫無半點遲疑。
「瞧他對自己的功夫那麼有自信，眉毛和鼻子就快完成了吧。」萬分感動的我不禁自言自語。一旁的年輕男子又說：

「那個眉毛和鼻子啊，不是刻出來的，而是本來就藏在木頭裡，他只是用鑿子和鎚子挖出來而已，就像挖出埋在土裡的石頭。」

我這才驚覺原來所謂的雕刻是這麼一回事，亦即這是任誰都會的事。於是，突然也想親手雕刻仁王像的我趕緊返家。

我從工具箱拿了鑿子和鎚子，走到後院，看到先前被暴風吹倒，想說用來作為柴薪的橡樹被工人鋸成大小適中的木頭，堆放在後院。

我選了一塊最大的木頭，興致勃勃地開始雕刻，卻沒挖掘出仁王；第二塊木頭也失敗，第三塊木頭也沒掘出仁王。我將所有堆放的木頭全都試了一遍，依舊沒找著。最後我醒悟到明治時代的木頭不會埋有仁王，也才明白運慶之所以存活至今的理由。

譯註1　鎌倉時代著名的佛像雕刻家。

第七夜

我搭上一艘大船。

這艘船日夜不停地吐著黑煙，乘風破浪前行，不時發出震耳欲聾的汽笛聲，但不知船要駛向何處。想說有如燒紅的火挾般灼熱的太陽從浪底升起，來到高聳的帆柱上方，就會高掛在那裡，沒想到不一會兒又超越大船，最後沉入浪中。遠處綠波蕩漾著些許暗紅，大船奮力急追，卻被遠拋其後。

我隨意攔住一位在船上工作的男子，問道：

「這艘船往西行嗎？」

男人一臉詫異地瞅了我一會兒，才回道：

「為何這麼問？」

「不是在追落日嗎？」

男人呵笑幾聲後哼唱著：

「西行之日，出自東方，是真的嗎？日出東方，沒於西方，是真的嗎？身在浪上，隨波逐流。」

隨即走向船頭，瞧見許多水手正奮力拉著粗重帆繩。

我突然覺得好害怕，心想不知何時才會靠岸，也不曉得自己要被載往哪兒。大船仍舊吐著黑煙，破浪前行。巨浪滔滔，一望無垠，而且忽藍忽紫，只有船身四周白沫飛濺。我真的好害怕，心想與其待在這樣的船上，不如投身大海。

船上乘客眾多，泰半都是外國客，什麼面孔都有。天色陰霾，船身晃得厲害，瞧見有個身穿碎花洋裝的女人倚著欄杆啜泣，拿著白色手巾拭淚；看到她，才明白悲傷的人不只自己。

某日夜晚，我獨自來到甲板眺望星空，有個外國人走過來問我懂不懂天文學，心想自己無聊到快死了，哪還需要懂什麼天文學。於是，外國人告訴沉默不語的我，金牛座上方有北斗七星，還說星空與大海都是出自神的傑作，末了問我有否信仰，我仍舊沉默望著星空。

有次我去沙龍小酌，有位衣著華麗的年輕女子坐在對面彈琴，一旁站著個英挺瀟灑的男子引吭高歌。他的嘴巴好大，兩人唱得渾然忘我，讓我暫時忘卻自己身在船上。

我愈來愈無聊，決心一死。於是，我想趁著夜半時分，四下無人時，縱身躍入海中。然而，當我的雙腳離開甲板，身體離開船緣那瞬間，我突然又想活下來，後悔要是沒這麼做就好了。可惜一切都太遲了。我就快躍入海中，望著一旁的龐然船身，雖然身體已離開船了，雙腳卻尚未碰水，又沒有可以抓住的東西，於是我漸漸逼近水面，就算再怎麼縮起腳也沒用，水色一片漆黑。

大船依舊吐著黑煙前行。此刻的我才領悟到就算不知要駛向何處，但還是待在船上比較好，無奈一切太遲了。只能抱著無窮悔恨與恐懼，靜靜地沒入黑浪中。

第八夜

我踏進理髮店，三、四個身穿白色制服的員工齊聲喊著歡迎光臨。

我站在店中央環視店內，這是一處四方形空間，兩側開窗，兩邊掛著鏡子；我數了數，共有六面鏡子。

我坐在一面鏡子前，抱怨自己的臀部偏大，不過這張椅子坐起來倒是挺舒服；鏡子映著我的臉。

身後有扇窗，還能瞧見斜後方的櫃檯。櫃檯那邊沒人，倒是清楚瞧見窗外來往行人的上半身。

庄太郎帶著一名女子走過。他不知何時買了一頂巴拿馬帽，也不知何時交了女友，只見兩人春風滿面。我想仔細瞧瞧女人長什麼模樣時，兩人已經走遠。

賣豆腐的小販鳴著喇叭經過。吹著喇叭的他鼓著像被蜜蜂螫到的雙頰，因為他一直保持這動作，讓我很難不在意，心想他這輩子都像是被蜜蜂螫到的模樣。

瞧見藝妓走過。還沒上妝的她披頭散髮，睡眼惺忪，面色有些蒼白。我向她打招呼，彼此寒暄幾句後，從鏡中就瞧不見她的身影了。

這時有個高頭大馬，身著白色制服的男子來到我身後，手持剪子和梳子的他端詳我的頭。我捻著薄鬚問他要怎麼修剪，白衣男子並未答腔，用琥珀色梳子輕敲我的頭。

「要怎麼修剪比較好？」我又問白衣男子，他依舊沒回應，手上的剪子發出喀嚓喀嚓聲。

我本想緊盯鏡子裡的自己，無奈剪子一動就有頭髮飛來，還是閉眼為妙。白衣男子說：

「先生看到外頭賣金魚的嗎？」

我回說沒有，他也沒再多說，繼續修剪。突然有人人喊危險，我立刻睜眼，從白衣男子的袖子下方看出去，瞧見自行車的輪子，還有人力車的車轅；就在我心想出了什麼事時，白衣男子將我的頭扭向另一邊，這下子完全看不見外頭情形，只聽到剪子的喀擦聲。

過了一會兒，白衣男子走到我旁邊，開始剃耳際的頭髮。因為髮絲不會飛進眼睛，所以我安心睜眼，聽到外頭傳來「粟餅啊！餅啊！餅啊！」的叫賣聲。

小杵棒在石臼裡和著拍子不停搗餅。我只在小時候見過賣粟餅的小販，所以很想瞧瞧，卻不見小販身影映在鏡子中，只聽到搗餅聲。

我用視野能及的範圍窺探鏡子一角，只見櫃檯那邊不知何時坐了個膚色偏黑，濃眉大眼，身形豐腴的女子。她梳著銀杏結[1]，穿著黑緞襯領的夾襖，半跪著數鈔票，數的好像是十圓鈔。女子低著頭，抿著唇，專注地數鈔，速度很快，感覺怎麼數也數不完。她的膝上疊放著約莫百來張鈔票，反正再怎麼數也是百來張。

我楞楞地看著女子和十圓鈔，耳畔響起白衣男子的吆喝聲：「要洗頭啦！」他這一聲喊的還真是時候，於是我從椅子上起身，回頭瞧了一眼櫃檯，卻不見女子和鈔票了。

我付錢後步出理髮店，店門口左側擺著五個圓桶，裡頭放著紅色金魚、魚身有斑點的金魚、瘦金魚與胖金魚，賣金魚的小販就坐在桶子後面。只見他托腮直盯著排在眼前的桶子，一動也不動，往來喧鬧絲毫不入他的心。我也盯著魚販，看了半晌；在我瞅著他之時，小販一動也不動。

譯註1　古時日本婦女的髮型之一。

夏目漱石・なつめ　そうせき・一八六七—一九一六

第九夜

世局開始動盪不安，感覺隨時會爆發戰爭。因為祝融肆虐而無處可歸的野馬，不分晝夜地在房子四周狂奔，心情有如馬蹄聲般騷然，家中卻如同森林般靜寂。

家裡有年輕母親和三歲孩子，父親不曉得去哪兒了。父親離家的那天是個不見明月的夜晚，他坐在地板上穿好草鞋，纏上黑色頭巾，從後門離開。那時，母親手上的紙罩燭燈在昏暗夜裡將圍籬前的古柏照成細長黑影。

父親從此沒再回來。母親每天問三歲孩子：「你爹呢？」孩子沒回應；過了一會兒，才回道：「那裡。」母親問：「你爹何時回來？」孩子仍舊笑著回道：「那裡。」母親也跟著笑了。就這樣反覆教孩子這句「馬上就回來了」，但孩子只記得「馬上」這兩個字。母親不時問孩子：「你爹呢？」孩子也會回應「馬上」。

夜幕低垂，萬籟俱寂，母親重新繫好腰帶，將鮫鞘短刀插於腰間，用細帶子背起孩子，悄悄出門。母親總是穿著草鞋，孩子聽著草鞋聲，不知不覺在母親背上睡著了。

走過一排有圍牆的家屋之後往西走，下了長長坡道，瞧見一棵高大的銀杏樹；在此右轉，往裡頭走上一百多公尺，有座石造鳥居。一邊是田地，一邊是山竹白，走過鳥居就是一大片杉木林，再走上四十幾公尺的石階，便來到古神殿的階梯下。深灰色捐獻箱上方垂著粗大的鈴繩；白天來這裡就能看到鈴旁掛著「八幡宮」的匾額，八這字像兩隻對望的鴿子，十分有趣。還有其他各種匾額，多是武士在射箭比賽中獲勝的供奉物，所以有些添上射手的名字，有些則是供奉刀劍。

走過鳥居，便能聽見樹梢上的貓頭鷹在啼叫，不時夾雜著草鞋與雜草的摩擦聲。母親先搖了一下鈴繩，然後擊掌祈願。此時，貓頭鷹的叫聲突然變得急促，母親仍舊專注祈願。她認為丈夫是武士，所以來到供奉弓箭之神的八幡宮祈願，應該會如願吧。

孩子被鈴聲驚醒，瞧見四周漆黑一片，突然放聲大哭。母親一邊向神祈願，一邊哄著背上的稚兒。孩子時而停止哭泣，時而又哭得淒烈，弄得母親不知所措。

母親祈求丈夫平安歸來後，解開細繩，將孩子抱至胸前；就這麼抱著他，登上通往神殿的階梯，還一邊用臉頰摩蹭孩子的臉，哄慰著：「好孩子，再一會兒就好了。」然後將細繩拉長，將孩子綁在神殿的欄杆上，自己則是在石階上來回走上百趟。

被綁在神殿旁的孩子在黑暗中，只能在繩子拉長的範圍內爬行。這時對母親而言，是最輕鬆的一刻了。但只要孩子一哭鬧，母親就急了。腳步也跟著變得急促，氣喘吁吁地想趕快走完百趟。無奈孩子哭鬧得厲害，她只好回到神殿旁安撫孩子後，再重頭來回走上百趟。

讓母親掛心得夜不成眠的丈夫，早在多年前便葬身於浪士手裡。

我是在夢中從母親口中聽聞如此悲傷的故事。

第十夜

健先生前來告訴我，被女人拐走七天的庄太郎回來了。還說他一回來就高燒不退，臥病在床。

庄太郎是城裡出了名的好男人，為人善良又正直的他只有一個癖好，那就是戴著巴拿馬帽，傍晚時分坐在水果店門前望著來來往往的女人，這點令我佩服，除此之外沒其他嗜好。

沒什麼女人經過時，他就看水果。店裡有各式各樣水果，用漂亮籃子裝著水蜜桃、蘋果、枇杷、香蕉等各種水果，排成兩排這種專門用來送禮的水果籃。庄太郎誇讚這些水果籃真好看，還說自己要是開店的話，就開水果店；但只會出張嘴的他每天還是戴著巴拿馬帽，四處閒晃。

他也會稱讚夏橘的顏色好看，卻不曾掏腰包買，更不用說吃水果了。只是純欣賞罷了。

某天傍晚，有個女人駐足在店門口，衣著華麗的她看起來身家不凡，庄太郎非常喜歡她穿的和服顏色，對女人的容貌也著迷不已；於是他摘下巴拿馬帽子，向女人打招呼，女人指著最大的水果籃，說了句：「我要買這籃。」庄太郎馬上將那一籃水果遞給她，女人提了一下，說好重。

庄太郎本就閒來無事，又生性熱心，便主動表示要幫她提回家。於是，兩人一起離開水果店，庄太郎就此失蹤。

親戚朋友很擔心他的安危，也覺得他太缺乏提防心。沒想到失蹤後的第七個晚上，庄太郎突然回來，大夥兒趕緊圍著他，問他究竟去了哪兒。庄太郎說他搭電車去了趟山上。

八成坐了一趟車程很久的電車。據庄太郎說，他們下了車便瞧見一片平原，一望無際的青草地。他和女人走在草地上，忽然來到一處峭壁，女人要庄太郎從這裡跳下去。庄太郎俯瞰一眼，崖深不見底，於是他摘下帽子，再三推辭。女人說他要是不跳的話，就會被一群豬舔，這樣也無所謂嗎？雖然庄太郎最討厭豬和雲右衛門[1]，但畢竟生命可貴，還是不願意跳。這時，有隻豬邊嚎叫邊衝過來，庄太郎只好撿起一根檳榔樹枝，敲了一下豬鼻；豬哀嚎一聲，打了幾個滾，就這樣滾落山谷。庄太郎正鬆了一口氣時，又有一隻豬用大豬鼻頂他；庄太郎只好揮著樹枝驅趕，只見豬哀嚎著，四腳朝天滾落山谷。這時，又來了一隻，庄太郎突然看向草原盡頭，數萬隻豬呈一直線，一邊嚎叫，一邊逼近站在懸崖邊的他。庄太郎恐懼不已，但無計可施之下，只能用樹枝奮力驅趕。不可思議的是，樹枝一碰到豬鼻，豬就會滾落山谷。只見四腳朝天的豬一隻接一隻地滾落深不見底的山谷。庄太郎心想自己莫非也會和這些豬的下場一樣嗎？他好害怕。豬隻仍舊接二連三地逼近，此時烏雲密布，嚎叫的豬隻踏著草地衝向他。

庄太郎死命抵抗，就這樣整整敲打了七天六夜的豬鼻，最後體力不濟，手有如蒟蒻般癱軟，倒在山崖上的他被豬給舔得一身都是。

健先生說完庄太郎的事之後，又說還是別亂瞧女人，免得惹禍上身，我同意他說的；但健先生卻說他想向庄太郎要那頂巴拿馬帽子。

庄太郎終究還是回天乏術，那頂帽子就是健先生的吧。

譯註1　浪曲師。

◎作者簡介

夏目漱石・なつめ　そうせき

一八六七——一九一六

小說家，本名夏目金之助，出生於東京仕宦家庭。一八九三年自東京帝國大學英文系畢業，一九〇〇年前往英國留學三年，歸國後擔任第一高等學校、東京大學教授等教職。自幼學習漢文，大學期間曾向俳人正岡子規學習漢詩與俳句，對東、西方文學造詣極高。一九〇五年發表長篇小說〈我是貓〉一舉成名，為專心寫作遂辭去教職轉任朝日新聞社，後陸續發表〈少爺〉、〈草枕〉等代表作確立文壇地位。作品風格平易詼諧，卻深刻剖析近代日本社會下的不安人性，在日本近代文學史上享有崇高地位，芥川龍之介為其門下弟子。多篇作品收錄於中、小學國語教材，後世尊稱其為「日本國民大作家」，也是自一九八四年至二〇〇四年舊千元紙鈔上的肖像人物。

永日小品

元旦

我剛步出書齋，吃著雜煮[1]時，三、四名年輕男子走進來，其中一人身穿大禮服，也許沒穿慣這身玩意兒吧。毛料子讓他顯得微妙地拘謹。其他人穿的是平素的和服，所以一點也沒年味。一夥人瞅著穿西服的傢伙，一個個哎唷、哎唷地驚呼，我也壓後地驚呼。

只見穿西服的傢伙掏出白手帕，一臉若無其事地擦著臉，隨即啜了好幾口屠蘇酒，其他人也開始坐下來大啖美食。此時，虛子[2]驅車趕來，身穿繡有家徽的黑色短外褂，一副極盡老派的裝扮。我問他：「這身打扮莫非要表演能樂[3]？」虛子回道：「嗯，是啊。」於是，他問我來段能樂的謠曲如何？我回說也行。於是，兩人搭檔唱起名為「東北」[4]的謠曲。雖然我以前學過這曲子，但因為久未溫習，不少地方記不太清楚，也只能含混帶過。總算快唱完時，只見這群人串通好似地異口同聲地嫌我唱得差，穿大禮服的傢伙還批評我五音不全。想說這群人根本連謠曲唱詞都一竅不通，哪能分辨得出虛子和我的優劣，即便他們個個是門外漢，也批評得有理，我也就提不起勇氣反駁。

虛子開始聊起他近來學鼓一事，連謠曲唱詞都不懂的這群人要求他務必演奏一曲來聽聽。虛子請我幫忙唱曲，對於不清楚「囃子」[5]為何的我著實有些為難，但想想這般新鮮嘗試也是有趣，便爽快答應。於是，虛子差遣車伕回家取鼓。鼓一拿到，虛子從廚房搬來炭爐，用炭火烘烤鼓皮。大夥看得目瞪口呆，我也為這令人大開眼界的烘烤方式，驚詫不已「這麼做沒事嗎？」我這麼一問，虛子回了一句沒事，還用指尖在繃得緊緊的鼓皮上輕彈一下，頓時發出清脆聲響。虛子說差不多了，便撤下炭爐，開始繫緊鼓繩。一身正式裝扮的男人撥弄紅色鼓繩的模樣，分外高雅。眾人無不感佩地欣賞著。

虛子總算脫下短外褂，抱起鼓。我請他緩緩，因為不曉得他要怎麼個打法，想說先討論一番；於是，虛子仔細說明這裡要幾聲吆喝，這裡會是怎麼個打法，要我就照著來吧。我還是會意不過來，但要瞭解透徹得花上兩、三個鐘頭，只好勉強唱起羽衣[6]曲。

才唱到「春霞繚繞」這半句時，便開始後悔了。總覺得自己的歌聲太單薄；但要奮力拉高，勢必搞砸整首曲子的格調，只好湊合著繼續唱。不料虛子突然吆喝一聲，還鏗地打了一下鼓。

我做夢也沒想到虛子會冷不防來這麼猛烈一招，原以為是優美悠揚的吆喝聲，卻有如戰鼓似地撼動我的耳膜。因著這聲吆喝，我的歌聲也隨之一波三折。待曲子逐漸變得舒緩沉靜時，虛子又是一喝，我的歌聲被這聲吆喝給喝走了樣，以致於愈唱愈小聲。周遭人耐不住笑意，我則是在心裡暗罵自己愚不可及。這時，穿大禮服的傢伙率先笑了出來，眾人也隨之哄堂大笑，我也笑出聲。

接下來就是飽受各種批評，尤以穿大禮服的傢伙批評得最是尖酸刻薄。只見虛子面帶微笑，應和著自己的鼓聲，唱起謠曲，順利唱完這首曲子。不一會兒，虛子說他還得去別的地方拜年，便坐車離去。我則是繼續承受這群人的揶揄，連內人也摻合著貶損丈夫，還誇讚高濱先生打鼓時，襦袢[7]的袖子飄揚，色澤極為好看。一旁穿大禮服的傢伙馬上附和。無論是虛子的襦袢袖子顏色也好，袖子飄揚也罷，我倒覺得不怎麼樣。

譯註1　日本新年傳統料理，依地域不同，口味也不一樣。
譯註2　高濱虛子，一八七四—一九五九，俳人、小說家。
譯註3　日本的傳統古曲歌舞劇。
譯註4　能樂的曲名。以平安時代的京都，位於鬼門之所的東北院為舞臺背景。
譯註5　能、歌舞伎、狂言等日本傳統技藝，以笛、大鼓、小鼓、太鼓營造氣氛所奏的音樂。
譯註6　能樂作品，也是最受歡迎的作品之一。
譯註7　和服的襯衣。

蛇

我推開柵門，步出屋外，瞧見地上偌大的馬蹄痕跡積存著雨水。每踏一步，泥水聲便撲向腳底，提起後腳時，頓覺一陣痛楚。右手提著桶子，腳在泥地裡拔起又陷入，令人不知所措。就在我為了保持身子平衡，打算扔掉手上的東西時，桶子底部扎實地陷入泥地，幸虧扶著桶子提把，才免於摔倒。冷不防瞥見叔父站在離我三公尺遠的地方，他那披著蓑衣的肩膀後方垂掛著一張呈三角形張開的網子。此時，叔父頭上的斗笠微微動了一下，傳來「好泥濘的路啊」這麼一句話。不一會兒，雨水抹去了蓑衣影兒。

我站在石橋上俯瞰，黑水從草縫不斷奔湧出來。若是平常日子，水深不會超過腳踝上方三寸的河底，長長的水藻迷濛搖曳，水流看起來十分清澈，現在卻變得汙濁不已，河底的泥不斷翻湧，雨水澆灌，河水伴隨著漩渦奔流而去。望著漩渦有好一會兒的叔父說道：

「肯定能逮到！」

我們一過了橋，便往左拐。漩渦在青綠田野間蜿蜒而行。我們追著不知奔向哪兒的水流，追了約莫百來公尺。於是，兩人就這樣孤伶伶地站在一片廣闊田野中。環顧四周，大雨滂沱，戴著斗笠的叔父仰望穹蒼；天空一片黑壓壓，像是偌大的茶壺蓋，不停下著不知從哪兒落下的雨。楞楞地站著時，只聽見嘩啦啦的聲音，這是雨水拍打在斗笠和蓑衣上的聲音，以及落在四周田野的聲響，還交錯著從遠方傳來雨水拍打著貴王之森的聲響。

森林上方的烏雲彷似被杉樹梢召喚，緊密地重疊著。烏雲因著自身的重量，鬆垮地垂掛於天際，眼看不一會兒被杉樹梢絆住的雲腳就要落至林中。

我留神地瞥了一眼腳邊，漩渦汩汩竄出。看來貴王之森裡的池水八成也遭烏雲襲擊了吧。漩渦突然變得湍急。叔父又凝望翻捲而來的漩渦，像是發現什麼似的，說了句：「肯定能逮到！」語畢，就這樣穿著蓑衣下河。水勢雖然凶猛，水深卻僅及腰際，只見叔父穩穩地站在河裡，前方是貴王之森，面朝河流上游方向，卸下擔在肩上的網子。

雨聲中的兩人靜靜等待，直盯著不斷湧來的漩渦，貴王之池裡的魚肯定就在這漩渦底下浮泳。心想要是順利的話，勢必能逮到大魚的我屏息凝神地盯著顏色黑得駭人的水面。河水比方才更混濁，只瞧見水流湍急，根本看不清底下情況；縱然如此，我還是不敢眨眼地靜待浸在水裡的叔父有所行動，無奈遲遲沒有動靜。

雨勢愈發猛烈，河水顏色也愈來愈黑，漩渦的波紋在河面劇烈打轉。就在黑浪從我眼前奔流而去時，我瞧見水裡有個顏色不一樣的形體，雖然僅僅是一瞬間的顯影，卻感覺得出那是個長形之物，想說應該是尾大鰻魚吧。

此時，逆著水流，握著網柄的叔父的右手像是從蓑衣底下朝肩膀彈去似地揮動，然後有個長長的東西從叔父手上脫逃，在昏暗驟雨中繪出一道曲線，有如粗重繩索般落在另一邊的河堤上。說時遲，那時快，從草叢迸出一條昂著足足有一尺長、呈鐮刀狀蛇脖的蛇怒瞪著我們。

「給我記住！」

這句話應該是出自叔父之口。只見鐮刀狀蛇脖倏然消失於草叢中。叔父臉色蒼白，看向那條蛇方才出現的地方。

「叔父，剛才是您說『給我記住』嗎？」

叔父緩緩轉頭看向我，低聲回道：「我也弄不清是誰說的。」

直至現在，每次我向叔父提起這件事時，他總是神情微妙地說弄不清那句話是否出自他口中。

竊賊

想上床就寢的我一走到隔壁房間，便聞到一股暖桌的煤炭味。如廁回來時，我叮囑內人：「暖桌的火好像燒得太旺了，得注意點。」便回自己的房間。時間已經過了十一點，躺在床上的我一如往常做著安穩的夢。雖然天氣寒冷，卻沒刮風，就連通傳發生火災的警鈴也不再那麼刺耳，熟睡似乎灌醉了這世界，我沉沉地進入夢鄉。

突然，女人的哭泣聲吵醒我，一聽就知道是那個名叫藻優的女傭聲音，這女的一受到驚嚇就哭。前些日子，她幫我家強褓孩子洗澡時，嬰兒因為被水氣給悶著，足足哭鬧了五分鐘。那是我第一次聽到這女傭的奇怪哭聲，只聽見她抽抽搭搭地啜泣，嘴裡不知嘟噥什麼，看那樣子像在抱屈，又像在道歉，彷彿在悼念死去的情人……，一點兒也不像我們受到驚嚇時，會發出那種尖銳又簡短的驚嘆口氣。我就是讓如此奇怪的哭聲吵醒，且這聲音是從內人的寢室傳來。此時，火光突然穿透紙門，射進昏暗書房。當火光射入我那惺忪睡眼時，這才意識到失火的我從床上跳起，用力拉開紙門。

當時我想像翻倒的暖桌，想像燒焦的被褥，想像黑煙瀰漫和著火的榻榻米；但當我開門一看時，瞧見煤油燈依舊點著，妻兒像平常一樣睡著，暖桌安安穩穩地置於它晚上該處的地方，一切和我睡前時看到的沒兩樣，安詳溫暖，只有女傭獨自哭泣。

女傭捏著內人身上的被子邊緣，飛快說著。妻子醒來只是眨了眨眼，並沒有起來的意思。我只能站在房門口，愣愣地環視房內各處，這時哭泣的女傭口中迸出「竊賊」兩個字。我一聽到這兩個字，馬上意會到發生什麼事，立刻大步走過內人的房間，衝進隔壁房間，大聲喝道：「什麼人？！」但房內一片昏暗，連接著廚房的一扇窗板被卸下來，皎潔月光照著大門口，大半夜看著照進屋內的月光，讓我不禁起了一陣寒意。我光著腳，走到廚房的洗碗槽邊，四周一片靜寂。我探頭窺看門外，只有明亮月光，壓根兒不想跨出門外一步。

我回到內人的寢室，告訴她，竊賊已經逃了。要她安心，甚麼也沒丟。內人這才慢慢起身，默默拿起煤油燈，走進隔壁的昏暗房間。燈光照著衣櫃，衣櫃門被打開，抽屜也被拉出來；妻子看著我，說了句：「果真被偷了。」我這才意識到竊賊是得手之後跑掉，瞬間覺得自己愚蠢至極。我看向被翻箱倒櫃的那邊，放著用哭聲喚醒我的女傭的被褥，枕邊還有一個衣櫃，衣櫃上頭又疊著一個櫃子。因為到了年底，所以要給醫師的醫藥費和其他費用都放在這櫃子。我叫內人查看金額是否短少，她說錢原封不動地擺著，可能是因為女傭哭著衝到簷廊，竊賊來不及下手，倉皇逃逸吧。

這時，睡在其他房間的人也都醒了。大夥議論紛紛；好比有人說他剛才差點去上廁所，還有人說他今晚睡不著，直到夜半二點還醒著之類，一副可惜沒抓到偷兒的口氣。其中我家那即將滿十歲的長女說竊賊是從廚房那裡溜進來的，還經過簷廊，說她聽得一清二楚。「唉唷！這可怎麼得了啊！」阿房驚呼。十八歲的阿房是親戚的女兒，和我家長女睡同一間。

於是，我又上床就寢。

隔天因為這場騷動，我起得比平時稍微遲了些。洗好臉、正用著早膳時，聽到從廚房傳來女傭說她發現竊賊腳印的嚷嚷聲。嫌煩的我索性躲回書房，約莫十分鐘後，聽到有人在玄關那兒大聲嚷嚷，嗓音頗粗獷，似乎被擋住去路。我去門口瞧瞧，格子門外站著一位警察，笑著說：「聽說您府上遭竊，是吧？」

因為他又問門是否確實上鎖，我回道：「鎖不是很牢固。」他說這就沒辦法了。門鎖要是不夠牢實，竊賊隨處都能潛入，還提醒每一塊窗板都必須打上釘子才行。我在一旁「是、是」地敷衍回應。總覺得和警察打過照面後，遭竊一事怨不得竊賊，而是怪我們沒確實上鎖。

警察繞到廚房，逮著我妻子，攤開小冊子，準備記錄遺失物品。「素花緞丸帶[1]一條是吧？丸帶是什麼東西啊？寫成丸帶應該看得懂吧？對了，那就寫素花緞丸帶一條吧。還有……」

一旁的女傭竊笑。這個警察連丸帶、女用和服帶子都不知道，還真是心思單純又有趣的人。總算記下有十件失竊物的清單，下方還標註價格，然後他慎重地核對：「總共價值一百五十圓，是吧？」這才打道回府。

直到此刻，我才明白家裡失竊哪些東西。失竊的十件物品都是和服帶子，看來昨夜潛入的竊賊專門偷這玩意兒。眼看正月即將到來，妻子的面色都變了。看來頭三天無法讓孩子們穿和服，這也是無可奈何的事。

過了正午時分，又來了個刑警。只見他來到客廳四處察看。「竊賊該不會在小木桶裡點上蠟燭作案？」還去了廚房察看小木桶。我招呼著：「先喝杯茶吧。」請他去採光極佳的茶室坐著聊。

據說竊賊多是從下谷、淺草一帶搭電車來犯案，隔天一早再搭電車回去，所以很難逮住。要是逮住的話，警方反而吃大虧，因為竊賊沒錢搭車回家，還得幫忙墊車錢；送他上法庭，就得代付飯錢。他還說，其實有筆機密費用可花用，但警視廳先取走一半，剩下才分給底下的員警。而且一個單位只有三、四名刑警，他說原本以為憑警方的能耐，抓個竊賊絕非難事，但現在他可不敢這麼想了。和我講這件事的他一臉無奈。

我想請友人幫忙把我家的窗板修繕一番，但正逢年底，他忙得不可開交，無法幫這個忙。轉眼又到了晚上，只好讓窗板暫時擱在那兒，準備就寢。家裡老小無不提心吊膽，我也是一肚子懊惱。警察也說了，必須靠家家戶戶徹底防賊，意思不就是遭竊乃家常便飯之事。

話雖如此，畢竟昨晚才剛被竊賊光顧，今晚應該沒事吧？我放寬心就枕。沒想到半夜又被內人喚醒，她說從方才就聽到廚房那兒有怪聲，讓人心底發毛，要我過去看看。果然傳來啪答啪答聲，內人露出竊賊顯然已經潛入的表情。

我躡手躡腳地起床，走過內人的房間，來到隔間用的紙門旁，隔壁傳來女傭的鼾聲。我盡可能靜靜地開門，然後獨自站在昏暗房裡，聽到有東西滾動的聲音，確實是從廚房門口傳來。我在昏暗中像影子般，朝發出聲音的方向移動三步，眼看前面就是廚房門口了。那裡有扇紙門，外頭是鋪著木板的走廊，我貼著紙門，在昏暗中豎起耳朵，又聽到那怪聲；過了一會兒，又響起，就這樣聽到四、五遍。我抓準了這怪聲是從擺在走廊左側的櫥櫃傳來的，隨即恢復平時步伐，氣定神閒地走回內人的房間，告訴她：「只是老鼠在啃咬什麼東西罷了。沒事。」內人語帶謝意地回了句「是喔？」兩人這才安心就寢。

隔天一早，我洗漱完，來到茶室，內人將老鼠啃過的一小截鰹魚乾放到我面前，說昨天就是被這東西給遭罪了整晚。我一臉恍然大悟，望著這一小截慘不忍睹的魚乾。內人忍不住數落我：「你趕跑老鼠時，也要順手收拾好這東西啊！」我也是此時才知道原來是這麼回事。

譯註1　正式服裝用的腰帶。

夏目漱石・なつめ　そうせき・一八六七－一九一六

柿子

有個名叫小喜的孩子，皮膚光滑，一雙明眸，臉色卻不像一般健康孩子那麼明亮；稍微瞧著，感覺不太開朗。時常出入她家的梳頭師傅說，那是因為小喜的母親太護著她，不讓她出門玩的緣故。儘管時下流行西式髮型，她母親仍舊盤著過時的髮髻，滿口「小喜兒、小喜兒」地喚著自己的孩子。小喜的祖母留著一頭短髮，她也是「小喜兒、小喜兒」地喚著孫子，不是叮囑：「小喜兒，該去學琴啦！」，就是嘮叨：「小喜兒，別隨便在外頭跟其他孩子玩！」。

小喜因此很少出門玩。她家附近都是商家，前面是煎餅店，隔壁是瓦窯師傅，再往前一點是換木屐底的和鎖匠；但小喜的父親可是銀行要員。她家的庭院栽植一棵松樹，一到冬天，狹小庭院就會鋪上一地的枯松葉，還會有園藝師傅來修整。

放學回來的小喜要是覺得無聊，就會去屋後那裡玩，屋後是母親和祖母漿洗布品的地方，也是女傭阿良洗衣物的地方。每逢歲末，就會有個頭上纏著布巾的男子擔著石臼來搗年糕，這裡也是存放一樽樽醃漬醬菜的地方。

小喜來到這兒，把母親、祖母和阿良當作玩伴；有時要是沒人陪她玩，她就會獨自步出家門，從低矮樹籬縫隙窺看後街的連棟長屋。

後街有五、六棟長屋，因為樹籬下方就是三、四尺高的崖壁，剛好方便小喜居高臨下，窺看一切。俯瞰後街連棟長屋對還是孩子的小喜而言，是件好玩又快活的事。小喜瞧見在兵工廠幹活的阿辰打赤膊，大口喝酒，就會告訴母親：「他在喝酒呢！」看到源坊的工匠師傅在磨斧頭，小喜就會好奇地問祖母：「他在磨什麼啊？」除此之外，還會瞧見有人起爭執、吃烤蕃薯之類，小喜會把看到的景況逐一通報，不但逗得阿良哈哈大笑，母親和祖母也覺得有趣地笑著。小喜覺得能逗她們笑是自己最感得意的事。

小喜窺看後街時，也會不時撞見源坊的小師傅與吉，三次總會有一次搭上話，可是小喜不曉得要和與吉聊什麼，所以總是以吵嘴收場。站在崖下的與吉問道：「妳的臉怎麼又蒼白又腫啊？」小喜也會不甘示弱地揚起圓滾下巴，語帶輕蔑地回嘴：「哼！你這個掛著鼻涕的傢伙、窮酸鬼！」有一次，與吉十分惱火，遂用晾衣物用的長竹竿捅向小喜，嚇得她趕緊逃回家。還有一次，小喜有個用毛線鉤得很漂亮的球滾落崖下，與吉就是不肯還給她。「快扔還給我！

幫個忙嘛！」儘管小喜一再哀求，與吉還是拿著球，高傲地仰頭說道：「妳跟我賠不是，就還妳！」小喜不服氣地說：「誰要跟你賠不是？你是小偷！」跑到正在做針線活兒的母親身旁哭泣。母親差遣阿良去向與吉要回球，但與吉的母親也只是敷衍一番，並未催促兒子還球。

之後過了三天，小喜拿著一顆大紅柿子，又跑去屋後。與吉一如往常來到崖邊，小喜從樹籬縫隙將紅柿子遞向與吉，問道：「你要嗎？」與吉抬頭瞅著那顆柿子，嘟噥著：「什麼嘛！誰希罕這玩意兒啊！」小喜怏怏地縮回手，反駁：「真的不要？不要就算了！」這下子惹得與吉不高興，直嚷著：「什麼呀！我要揍人囉！」走向山崖。「所以，你是想要囉？」小喜又遞出柿子。與吉睜大眼，抬頭望向小喜：「誰想要那種東西啊！」

兩人就這樣一來一往了四、五回，小喜邊說「拿去吧！」邊遞出柿子，沒想到手上的柿子滾落崖下，與吉趕緊拾起沾上泥巴的柿子，狼吞虎嚥地吃起來。

只見與吉的鼻孔發顫似的動著，厚厚的嘴唇往右方歪斜，冷不防吐出咬了一半的柿子。只見與吉的眼裡積滿了厭惡，忿忿地說：「好澀啊！」將手上的柿子扔向小喜。柿子飛過小喜的頭頂，擊中她家的倉庫。小喜一邊嚷嚷：「瞧你這個貪吃鬼！」一溜煙地奔回家。不一會兒，小喜家傳出宏亮笑聲。

火盆

一覺醒來，發現昨晚抱著就寢的懷爐早已在肚子上冷掉了。望著玻璃窗外，天色看起來像一塊三尺寬的鉛板。胃似乎沒那麼痛了。決定起床的我這才發現天氣比想像中來得寒冷，窗下還積著昨日下的雪。洗澡間凍得閃閃發亮，看來水管八成也凍住，開不了。只好湊合著用溫水擦身。正要將泡好的紅茶注入杯子時，兩歲的兒子又開始哭鬧。這孩子昨天已經哭鬧了一整天，我問內人究竟怎麼了？內人說沒什麼，可能是因為天候太冷。還真是拿他沒辦法啊！看來只是鬧鬧脾氣，沒什麼大礙；但畢竟哭鬧不停，著實讓人有些擔心。

有時孩子的哭鬧聲讓我厭煩不已，甚至大聲斥責。但他畢竟年紀還小，只能告訴自己要耐住性子，所以前天和昨天都忍了下來，難不成今天還要哭上一天嗎？一想到，心情就悶悶不樂。我因為胃不適，近來決定不吃早餐，就這樣端著茶，退避到書房。

我用火盆烘暖手，身子也跟著暖和，孩子依舊哭鬧不休，手心倒是熱得快要冒煙似的，但是從背脊到肩膀仍是冷到不行，尤其是腳趾簡直凍得發疼，只好楞楞地坐著不動。過了一會兒，手稍微能動了，摸到不知從哪裡竄出的寒氣，感覺就像被針扎到似的；就連轉個脖子，脖子根處與和服衣領摩擦時，也會忍不住想打寒顫。

我承受著來自四面八方的寒氣，蜷縮在十疊榻榻米大的書房正中央。書房鋪的是木地板，我在原本放椅子的地方鋪上毛毯，想像自己坐在一般的榻榻米上。無奈毛毯不夠大，是一張只有兩尺見方的正方形毯子，光滑地板像是被剝光似的閃閃發光。我注視著地板，只覺得整個人瑟縮起來，兒子仍在哭鬧，著實讓我提不起勁兒工作。

就在這時，走進書房想瞄一眼時鐘的內人順口說了句：「又下雪了。」我一瞧，外頭不知何時飄起小雪，從無風的混濁天際，靜靜地、冷冷地、不疾不徐地降下。

「對了，去年孩子生病時，不是幾乎成天用暖爐嗎？花了多少煤炭錢啊？」

「記得月底付了二十八圓。」

我一聽內人的回應，馬上打消用暖爐的念頭。暖爐就擺在起居室的壁櫃。

「妳能不能讓孩子別哭鬧啊？」

內人面有難色地說：

「阿政說他肚子疼，看起來很痛苦，還是去請林大夫來看一下吧。」

雖知阿政已經躺了兩三天，但沒料到情況如此嚴重。

我催促內人去請醫師來看看，她回了句「知道了」便拿著時鐘步出書房。

就在她關上紙門時，忍不住說：「這房間可真冷。」

我還是提不起勁兒工作。事實上，工作堆積如山，至少得完成下一期要連載的稿子才行；除了答應幫一位素昧平生的年輕人看看他寫的兩三篇小說，還承諾某人幫他寫封推薦信給某本雜誌。書桌旁堆疊著應該在這兩三個月看完，卻遲遲沒看完的書。這一週來每次我想開始工作時，就會有人帶著問題來找我商量，加上鬧著胃疼；所以就這一點來看，不太有人來打擾的今天還算走運吧。但不管怎麼想，天寒地凍得叫人實在無法將手從火盆上移開。

這時，有輛車子停在我家門口。女傭過來告知：「長澤先生來訪。」我仍舊窩在火盆旁，翻了一下白眼，瞅著走進來的長澤，說我實在冷得動不了。長澤從懷裡掏出一封信，說這個月的十五日便是農曆新年，還請務必幫忙；總之，又是錢的事。長澤於十二點多離去，依舊寒冷難耐的我想說乾脆泡個澡，提振一下精神。就在我這麼思忖，拎著手巾走到玄關時，「打擾了。」恰巧與吉田撞個正著。我請他進屋，聽他訴說各種遭遇，吉田還說著、說著便哭了起來。不一會兒，醫師也來到我家，頓覺家中一團亂。吉田總算打道回府，孩子卻又開始哭鬧，我趕緊去澡堂。

泡完澡，身體開始變得暖和。心情大好的我回到家，走進書房，點上煤油燈，放下窗簾，火盆新添的煤炭正燒得通紅。我舒適地坐在坐墊上，不一會兒，內人說了句：「很冷吧！」從廚房端來一碗蕎麥湯。我問阿政是否舒坦些，內人說他可能是盲腸炎。我接過蕎麥湯，告訴內人要是情況未見好轉，還是送醫院比較好。妻子回說「明白了」旋即又走回飯廳。

內人離開後，書房突然靜了下來，好個靜謐雪夜。看來孩子已經睡著，不哭鬧了。我邊啜著蕎麥湯，伴著明亮油燈，聽著新添的煤炭發出啪嘰聲響。燒得通紅的炭火在灰燼中恍惚搖晃，時而從炭縫冒出淡藍色火焰。我開始感覺到一日初始的暖意，就這樣盯著炭火逐漸變成白色灰燼，足足有五分鐘之久。

寄宿

我最初租住於北邊一處地勢較高的地方，小而美的兩層樓紅磚建築令我十分中意；不過房租較貴，一週租金二英鎊。我租的是最裡面的房間，房東太太告訴我，另一位住客 K 先生正在蘇格蘭旅行，暫時不會回來。

房東太太是個雙眼有點凹陷，有副鷹勾鼻，瘦削的下巴與臉頰，長相刻薄的女人。乍看之下，實在很難猜測出她的年紀。我想，或許是因為天性神經質、個性乖僻、固執、倔強、猜疑心等諸多缺點，才造就這麼一張扭曲的臉孔吧。

房東太太有著和北國不太搭調的黑髮與黑眼珠，但說起英語並無地方口音。我搬進來的那天，她請我下樓喝茶，我下樓一看，發現她的家人都不在，只有我和她在小小的飯廳，相對而坐著喝茶。我環視陽光照不進來的昏暗屋內，壁爐上插著的水仙花顯得分外寂寥。房東太太又是請我喝茶，又是請我吃烤吐司，我們天南地北的閒聊。我們聊著聊著，房東太太說她其實不是英國人，老家在法國。只見她轉動黑眼珠，回頭瞧著插在玻璃瓶裡的水仙花，抱怨英國天氣又陰又冷，大概是想告訴我，連花都長得不夠好吧。

我在心裡暗暗將開得無精打采的水仙花，和流淌在婦人那乾癟臉頰裡褪了色的血來比較，想像應該在遙遠法國做的溫暖美夢。留存在房東太太那頭黑髮與黑眼眸深處是早已消失好幾年的春日氣息，徒留空虛的過往吧。我問她會說法語嗎？就在她要說出「不」字時，舌尖瞬間打住，蹦出一連串流利的南方話。她那瘦骨嶙峋的咽喉為何能發出如此美妙的音調呢？

那天傍晚用晚膳時，有位兩鬢斑白，禿頭的老人也一塊兒用餐。房東太太介紹：「這位是家父。」我才意識到這個家的男主人是位老人家。男主人的口音有點奇怪，一聽就知道他不是英國人，原來是父女倆遠渡重洋，落腳倫敦。老人主動說自己是德國人，這和我的推測有所出入，不禁詫異地回了句：「是喔？」

我回到房間看書時，不知為何一直掛心那對父女的事。那位老人家與顴骨突出的女兒實在找不到半點相像之處，老人家的臉蛋豐腴得活像發腫，鼻翼厚實，還有一雙細長眼，神似南非總理克魯格爾，不是那種初見就讓我有好感的人，加上他對女兒說話的口氣不太和善，口齒不清又愛嘮叨，給人頗為粗魯的印象。女兒對待老父親的態度也不太好，顯得她那張刻薄臉愈發兇狠。總之，這對父女給人的感覺頗微妙……，這麼思忖的我不知不覺地睡著。

翌日，我下樓用早膳時，除了昨晚那對父女之外，又多了一個人。和我們一塊用餐的是個看起來很有活力、親切的四十多歲男子。我在飯廳門口和他打照面時，才有一種自己身在充滿活力的人間之感。房東太太介紹男人是他的brother，果然不是她的另一半；但兩人實在長得不像，很難想像是姊弟。

那天我在外頭用午膳，下午三點多才回去。才剛進房間不久，房東太太便招呼我下樓喝茶。今日也是陰霾天，打開昏暗飯廳的門，只有她獨自坐在暖爐旁準備茶具。因為暖爐有生火，感覺心情比較開朗些。房東太太那張略施脂粉的臉在爐火映照下，有點像在發燒，站在門口的我深刻感受到給人落寞感的妝容是什麼模樣。房東太太像是看透我的心思，主動和我說起他們家的事。

二十五年前，房東太太的母親嫁給法國人，生下她。結婚沒幾年，丈夫便過世，母親帶著女兒改嫁德國人，也就是昨晚那位老人。老人在倫敦西區開了一間成衣店，每天都去顧店。他和前妻生的兒子也幫忙店務，但父子倆相處不睦，明明是一家人，卻說不上幾句話。總是很晚才返家的兒子每每在玄關脫鞋，然後怕老頭子知道似的，躡手躡腳地回自己的房間。房東太太說她母親很早就去世了。臨死前囑咐老頭子要好好照顧女兒，但她說財產都在老人手上，所以自己只能靠微薄房租度日。

「阿格尼絲啊……」房東太太提到這名字時，突然語塞。阿格尼絲是在家裡幫忙的十三、四歲女孩。這時，我才想到早上遇見的那個男子長得和阿格尼絲頗有幾分相像。就在我暗暗思忖時，阿格尼絲捧著烤吐司，從廚房走出來。

「阿格尼絲，要不要來一片？」我問。

只見她默默接過一片，又回到廚房。

一個月後，我搬離這裡。

過往的氣味

K君在我搬離租屋處的兩週前，從蘇格蘭回來了。當時，房東太太介紹我們認識。兩個日本人在倫敦丘陵住宅區的小房子裡巧遇，在不知彼此名字的情況下，由一位不清楚身分、人品與來歷的外國婦人引薦認識；現在想想，還真是奇妙。當時這位老婦人穿著一身黑，伸出瘦骨嶙峋的手，這麼介紹：「這位是K先生，這位是N先生。」話音未落，又用另一隻手將我們拉近，讓彼此公平對等的握手。

老婦人鄭重其事的態度，猶似進行重要儀式的氛圍，讓我暗暗吃驚。站在我面前的K君微笑地看著我，他那有著美麗雙眼皮的眼尾擠出皺紋。面對這情形的我與其說是笑臉以對，不如說有種矛盾的落寞感，這種心情就像在靈媒的撮合下舉行婚禮般，不是嗎？我這麼思索著。我總覺得老婦人這身黑影碰觸過的地方彷彿失了活力，轉瞬變成古蹟似的；想像不小心碰觸她的身體，渾身的血液就會凍住。當她的腳步聲消失於門外時，我才稍稍回頭。

待老婦人離去後，我和K君馬上熱絡起來。K君的房間鋪著美麗的地毯，白絲綢窗簾下擺著一張安樂椅與搖椅，還附有一間小臥室。最令人欣喜的是，暖爐裡的火從沒斷過，只見燒得通紅的煤炭華麗崩落。

之後，我便和K君在他的房間喝茶。白天我們常相偕去附近一間飯館用餐，而且每次都是他買單。K君說他來勘查港口事務，看來他的手頭應該頗闊綽吧。K君在房內都會穿一襲繡有花鳥圖案的紫色綢緞睡衣，看樣子相當快活自在。反觀我都是穿著從日本帶來的和服，又舊又髒，實在不怎麼體面；K君看不下去，還借我錢添新行頭。

那兩週，K君和我聊了很多事，還說他想組閣，而且閣員都要慶應年間生的，就叫慶應內閣。他問我是哪一年生的，我回說慶應三年，他笑著說我有資格當閣員。我記得K君是慶應二年還是元年生的，所以差個一年，我就沒有與他一起參政的資格了。

我們聊著如此有趣的話題時，也會話鋒一轉，聊起樓下一家人的傳聞。K君總是皺眉、搖頭，說阿格尼絲這女孩最可憐。阿格尼絲每天早上都要去K君的房間添煤炭，午後還要送上茶、奶油和麵包；她總是默默放下東西後，默默離去。無論何時見她都是面色蒼白，睜著濕潤大眼睛，微微欠身行禮打招呼；

像個影子般一閃而逝，迅速下樓，沒發出半點腳步聲。

有一次，我把自己在這住的不甚愉快，打算搬離的念頭告訴K君。他頗贊同，他說自己要四處考察，不常待在屋裡，所以比較沒什麼影響；但他建議我還是找一處能讓自己住得安穩的地方，也好專注課業。他說他打算去地中海的另一側，也開始準備行囊。

我搬離時，老婦人再三勸說我留下來，還說少算我房租，K君出遠門時，也能用他的房間；但我還是決定遷居南邊，於此同時，K君也遠行了。

過了二、三個月後，我突然收到K君的來信，信上說他會暫時逗留，要我過去找他。雖然我很想去找他，無奈因著各種事，遲遲無法成行。約莫一週後，我有事要去一趟伊斯林登，回程時順道探訪K君。

從二樓的窗戶望見熟悉的白色窗簾，想像屋裡有著溫暖爐火，和穿著紫色綢緞睡衣、坐在安樂椅上的K君暢談旅行的種種經歷。迫不急待想衝上二樓的我咚咚地敲著門環，屋內卻沒有傳來腳步聲，想說可能沒聽到的我打算再敲一次時，發現門沒關。我一踏入屋內，便和一臉歉意的阿格尼絲撞個正著。這時，這三個月來我早已忘卻的那股屋內氣味像一道閃電，喚醒我的嗅覺。這股氣味隱藏著黑頭髮、黑眼眸、老人那張臉、和阿格尼絲長得很像的男子，還有如同男人影子般的阿格尼絲，他們之間盤根錯節的種種祕密。我嗅到這股氣味時，像是在幽暗地獄裡認清了他們之間的情意、動作、言語與表情，迫使我無法上樓與 K 君會面。

貓之墓

我遷居早稻田之後，家裡的那隻貓兒愈來愈瘦，完全沒了和小孩嬉鬧的活力。有陽光的日子，牠就躺在簷廊上，四方下巴擱在併攏的前腳上，一動也不動地盯著庭院裡的花草。就算小孩在牠身旁喧鬧，牠也視而不見，所以孩子也不再視牠為玩伴。不只孩子說和牠根本玩不起來，牠也變得不太搭理任何人。不只小孩不再理會牠，家裡的女傭也只是將三餐放在廚房一隅，就幾乎不怎麼理牠了。而且幫牠準備的貓食幾乎被附近的大三毛貓掠食，牠倒也不生氣，也沒想和偷吃貓食的傢伙打上一架，就是一直躺著，但那模樣看起來不太優閒。有別於那種伸展身子，享受陽光的閒適樣，而是顯得有點拘束……，這麼說還不足以形容。那是一種超越慵懶程度的模樣，感覺要是不動的話，看起來就很落寞；動的話，更顯落寞，只好一直忍耐著。雖然牠一直望著庭院裡的花草，但那眼神十分空虛，任何東西都不入牠的眼吧。那對青綠眼瞳只是怔怔地盯著一處地方。家裡的孩子似乎已當牠不存在，而貓兒似乎也覺得自己並不存在。

不過，牠有時也會出去晃晃，只是會被附近的三毛貓追趕，所以常嚇得衝進簷廊，撞破掩上的紙門，逃進屋裡的圍爐旁。家裡的人也只有這時候才會注意到牠的存在，牠也才察覺自己還活著的事實吧。

隨著日子一天天過去，貓兒的長尾巴開始掉毛。一開始是斑斑駁駁地掉毛，接著就是裸露出粉色皮膚，貓尾巴就這麼無精打采地垂著，著實叫人看了不忍心。貓兒一副萬念俱灰樣，蜷縮著身軀，頻頻舔著光禿的部位。「這貓是怎麼啦？」我說。「就是啊！看來是老了囉。」妻子口氣冷淡地回應，我也就沒再搭理這事了。又過了幾天，貓兒連吐了三回。只見牠的喉嚨一帶劇烈起伏，還連打了好幾個噴嚏；雖然牠看起來很痛苦，但迫於無奈的我還是將牠趕到屋外，不然榻榻米、被子會被弄髒。特地準備的客用黃褐條紋絲綢坐墊就是被牠弄髒的。

「這樣下去不行啊！怕是牠的腸胃出狀況吧。有餵牠吃藥嗎？」

妻子沒答腔。又過了兩三天，我問有餵牠吃藥嗎？妻子說沒辦法，牠就是不張嘴，還說弄了魚骨頭給牠吃，但吃了就吐。「不吃就隨牠了。」我刻薄地埋怨，隨即又拿起書。

貓兒不嘔吐時，就會老實地躺在簷廊上。近來，牠總是縮著身子，彷彿只有簷廊是能讓牠安心的地方，成天只是蹲在那兒；眼神也起了些變化，起初仿似遙遠的東西映在牠眼中，給人一種莫名的沉靜感，接下來出現怪異行為，眼神卻愈來愈沉靜。日落時分，我感覺牠的眼裡閃現一道光，卻未加理會。妻子好像也沒留意到的樣子，小孩就甭說了，幾乎忘了牠的存在。

某天晚上，牠趴在小孩睡覺用的被褥上，不一會兒，便發出像是捉到魚似的嗚嗚聲，只有我察覺牠似乎不太對勁，孩子睡得很熟，妻子則是忙著做針線活。過了半晌，牠又開始呻吟。妻子這才停下手邊的事，「這該如何是好？要是大半夜的咬了孩子的腦袋瓜，可就糟啦！」我對妻子說。妻子淡淡回了句「不至於吧」又繼續縫襯衣的袖子。貓兒仍舊不時呻吟。

隔日，牠窩在圍爐旁呻吟了一整天。我沏茶、熬藥時，聽到牠的呻吟就覺得心裡發麻；但一到晚上，我和妻子都把貓兒的事給忘了。其實那隻貓就是在那晚死的。一大早，女傭去後院倉庫拿薪柴時，發現牠身體僵硬，倒在一口舊灶上。

妻子特意跑去查看，只見她一反先前的冷淡，先是吩咐車伕去買塊墓碑，然後又要我題字，我問她要寫什麼，她要我在墓碑正面題上「貓之墓」，背面再題「閃電驟起，驅走漫漫長夜」這幾個字。車伕問就這麼埋了嗎？女傭奚落道：「難不成還要火葬？」

孩子突然疼惜起貓兒，只見他們在墓碑兩側放了兩個玻璃瓶，插滿胡枝子花，還盛了一碗水，放在墓前，每天換花換水。第三天傍晚，我那四歲的女兒……，我從書房窗子望見。獨自來到墓前，望了一會兒白木棒之後，用她的玩具杓子舀起供在墓前的水，喝下肚，而且不只一次這麼做。滴落在胡枝子花上的露水曾在寂靜暮色中，滋潤過好幾次愛子的小小喉嚨。

每到貓兒的忌日，妻子必會在墓前供上一塊鮭魚，一大碗拌了柴魚的飯，至今還是會這麼做；不過近來，她多是將供品擺在廚房的櫃子上，不再拿去庭院了。

溫暖的夢

風衝撞高聳的建築物，不是想像中那種筆直穿越而過，而是突然拐個彎，像一道閃電似的從我頭頂掠過，斜斜地吹向石板路。我一邊走，一邊用右手按住禮帽，瞧見前方有個等著客人上門的車伕坐在車上，望向我這裡。我放下按著禮帽的手，挺直腰桿；只見車伕豎起食指，那是問我要不要搭車的手勢。我回了句「不用」，只見車伕右手握拳，朝自己的胸口捶了幾下，即便我已走過了兩三間房子，還是聽得到咚咚聲。倫敦的車伕這麼做，是在給自己和自己的手取暖。我回頭瞅了那車伕一眼，質地偏硬的褪色帽子下，露出被風霜侵襲的濃密毛髮，穿著像是用毛毯縫補而成的粗陋茶色外套，背部的右半邊披在他的臂膀上，怒氣沖沖的他不斷捶胸，活像一種機械式行為。我再次邁開步伐。

路上行人紛紛趕過我，就連女人也不甘落後地輕輕提起裙子，快步前行。高跟鞋踩在石板路上發出莫大聲響，大到讓人不免擔心鞋跟快斷了。仔細一瞧，每個人都繃著臉。男的直盯著前方，女的也心無旁騖地往前走，個個緊抿著唇，眉頭深鎖。擁有高挺鼻梁，五官深邃的他們踩著堅定步伐急急前行；一副再也受不了在大街上行走，要是無法早一點窩進屋裡就是這輩子奇恥大辱似的態度。

我緩步走著，不由得感嘆窩居這城市的無奈。抬頭一望，只見廣袤天際不知從哪個年代開始就像被分割成兩道堤岸，左右兩邊各聳立著高樓，拖曳出由東向西的長長細帶子。帶子的顏色在清早是深灰色，之後逐漸變成茶褐色。原本是灰色的高樓彷彿厭倦了溫暖陽光，毫不客氣地堵住兩側。有如將廣闊土地變成高高太陽也無法遍灑的深山谷底，二樓的上面疊著三樓，三樓的上面又疊著四樓，渺小的人們成了谷底的一部分，黑壓壓地、冷澈地熙來攘往著。我也成了這蠢動之物中，行動最為遲緩的一個。被堵在山谷中，找不到出口的風彷彿要把谷底給掀翻似的流竄著。黑壓壓的物體猶如漏網之魚，朝四面八方散去，遲鈍如我也被這風吹得狼狽不堪地逃進屋。

沿著長長迴廊轉了好幾圈，登上兩三級階梯，便是一扇偌大的迴轉門。我用身體重量挨著門，就這麼順勢滑進大廳，眼前一片明亮得叫人目眩。我回頭一瞧，大門不知何時緊閉，身處之地有如春日般暖洋洋。我眨了眨眼，過了半晌才適應眼前的明亮，隨即看向左右兩側，滿滿都是人；不過大家都靜靜地坐著，看得出來臉部肌肉十分放鬆。明明一大群人肩膀緊挨地坐著，卻絲毫不覺得痛苦，和顏悅色地對待彼此。我抬頭仰望，映入眼簾的是色彩濃烈，猶似大窟窿的天花板，閃亮生輝的金箔令人雀躍。我看向前方，前方是一排欄杆，欄杆外什麼都沒有，就是個大坑。我走到欄杆旁，稍稍伸長脖子窺看坑內。幽遠坑底埋著身影小到如畫般的人，密密麻麻的彷若人海。白、黑、黃、藍、紫、紅，聚集所有明亮色彩，宛如大海激起的波紋；五彩鱗片在幽深坑底下，美麗得微微蠢動著。

此時，蠢動的東西突然消失，從偌大天花板到幽深谷底瞬間一片漆黑，數以千計的人們就這樣被埋葬於黑暗中，沒人吭聲。彷彿所有生命都在此刻被莫大的黑暗給抹去，銷聲匿跡似的一片死寂。就在我這麼思忖時，幽深坑底的正面部分被裁成一塊四方形，像是從黑暗中浮現出來，轉瞬間微微亮起。起初以為是不同層次的黑暗導致的錯覺，沒想到那塊地方卻逐漸脫離黑暗；我意識到那裡沐浴在柔光中，也看到霧氣般的光線深處有著不透明的色彩，一種融合黃、紫、藍的色彩；不一會兒，其中的黃和紫開始晃動。我眨也不眨地凝視著，緊張到雙眼視神經疲累不堪。眼下的霧藹逐漸散去，從遠處灑下的溫暖陽光照耀著海，身穿黃色上衣的美男子，與長袖飄逸的美女，身影清晰地站在青草地上。女子坐在橄欖樹下的大理石長椅上，男子站在一旁俯視女子。此時，隨著南方吹來的溫暖之風，從遙遠海上傳來又細又綿長的悠揚樂聲。

深坑上下的人海再次騷然，他們並未消失於黑暗中，而是在黑暗中夢見溫暖的希臘。

印象

一步出門外，家門前就是一條筆直大道。我試著站在街道中央，四處張望，映入眼簾的盡是樓高四層，顏色相同的樓房。兩旁和對面的房子結構大同小異，難以分辨，所以我一走過兩三間房子，再往回走時，便搞不清楚這是哪戶人家啊！這條街還真是不可思議。

昨晚我在火車聲中入眠。過了十點，傳來馬蹄聲與鈴聲，彷彿在昏暗夢境中疾馳。此時，足足有好幾百盞美麗燈影在我眼前閃爍；除此之外，我什麼也沒見著。此時此刻，才開始注意到這條街。

我在這條不可思議的大街上駐足了兩三回，上上下下觀察一番後，往左拐走了一百多公尺，來到一處十字路口。因為還記得自己怎麼走來，便往右拐，這次來到一條比方才還要寬敞的大街。好幾輛馬車來來往往，載人的馬車都架著遮篷，有些馬車塗成紅色，有些刷成黃色，還有綠色、茶色與藏青色，一輛輛打我面前疾駛而過。舉目遠眺，不曉得繽紛色彩會持續到哪兒。冷不防回頭一瞧，又見馬車有如五色雲般湧來；就在我思索這些載人的馬車打哪兒來，又要往哪裡去時，有個高個子從身後撲來，攫住我的肩頭。我試圖往右閃躲，不料右邊也站著高個兒。攫住我肩頭的人身後，又有人攫住他的肩膀，大家就這樣默默前行。

這時，我才意識到自己被人海吞沒，也不清楚這像極了靜謐大海的人潮會延伸至何處。遲遲無法脫身的我朝右看，無路可走，朝左看亦然；向後看，身後也擠滿了人。縱然如此，眾人仍舊默默前行，猶如眼前就這麼一條命運之路，沒人能支配得了自己，好幾萬顆黑壓壓的腦子彷彿事先商量好似的，步伐整齊地步步前行。

我邊走，邊回想一路走來看到的光景。一模一樣的四層樓房，塗上相同色彩，如此不可思議的街景似乎綿延無盡。到了哪裡該怎麼拐？到了哪裡又該如何折返？發現自己完全記不起來，就算想回家，也找不著自己的家。熟悉的那棟樓房幽幽矗立在昨夜的昏暗中。

我邊怯怯地想著，邊被一群高頭大馬的人推著往前走，就這樣被迫在大街上拐了兩三個彎。每拐一次彎，感覺離昨晚那昏暗的房子愈遠。我在人多到眼睛都望瘦的人潮中，感受到一股難以言喻的孤獨。跟著人群緩緩上坡，來到一處有五、六條大道交匯的廣場。直到方才還朝著同一個方向前進的人潮，一到山坡下，便各自朝不同方向聚集，然後靜靜地繞圈。

山坡下有一尊巨大的石獅。一身灰，尾巴細小，捲著鬃毛的頭卻足足有四斗木桶這麼大。前腳併攏的石獅在一波波人潮中沉睡著。其實有兩尊石獅，底下鋪著小石子，正中央立著一根粗大的銅柱。我靜靜地佇立在人海中，仰望筆直高聳的柱頂，上方是一片無垠天空，高高的柱子彷彿穿天似的聳立著，不知柱頂彼端會有什麼。我再次被人潮推擠著離開廣場，沿著右邊一條路下坡。走了一會兒，猛然回頭，瞧見細如竹竿的柱頂上站著個小小的人。

人

阿作起了個大早。但不知是天色尚早，梳妝師傅還沒來，還是不來了？她很不安。昨晚確實約好了。因為別的師傅都不在，對方答應撥空，明早九點之前到，阿作才放心就寢。她瞅了一眼座鐘，差五分就九點了。到底是怎麼回事呀？女傭看阿作滿心焦急，說了句「我去看看」後隨即出門。阿作坐下來，取出擺在窗前的鏡台，一邊架好，一邊照鏡。只見她刻意微啟雙唇，鏡中映著上下排潔白皓齒。此時，座鐘噹噹地敲了九下。阿作趕緊起身，推開紙門，說道：「還在幹嘛呀？都已經九點多了。再不起來就晚了。」阿作的丈夫一聽到過了九點，趕緊起床，匆匆向阿作道一聲早。

阿作隨即去廚房取來牙籤、牙刷、肥皂與手巾，遞給丈夫，說了句：「快去呀！」又補了句：「回來時，記得先去刮鬍子。」穿著浴衣的阿作丈夫加了件棉袍，準備換鞋出門。「等等！」喚住丈夫的阿作又奔回屋內。原本準備出門的丈夫索性趁這時間用牙籤剔牙。阿作從衣櫃抽屜取出一只印有禮籤的紙袋，塞了一些銀兩。阿作的丈夫一向寡言，只見他默默接過袋子後出門。阿作望著丈夫的背影，發現他的褲袋露出一截手巾。她就這麼望了一會兒後，才走進屋內，又坐在鏡台前，再次看著映在鏡中的自己；然後半拉開衣櫃抽屜，微偏了一下頭之後，才取出兩三件東西放在榻榻米上思忖著。好不容易從中挑了一件，其他的又小心翼翼包好收妥；隨即又打開第二個抽屜，陷入沉思。阿作就這樣思索、取出又收起來，足足花了約莫半個鐘頭。這期間，她始終一臉擔心地瞄向座鐘。阿作好不容易決定出門的行頭，用一條薑黃色棉質手巾包好，擱在起居室一隅時，梳妝師傅大聲嚷嚷地從廚房後門走進來。只見師傅一邊喘氣，一邊賠不是：「真是對不住啊！我來遲了。」阿作也客氣回應：「您那麼忙，還勞煩跑一趟。」順手將長長的菸管遞給梳妝師傅吞雲吐霧。

阿作的丈夫想說出門時，梳頭的人還沒來，自己還有些時間可以打發，遂去了趟澡堂，順便剃鬍子。正在梳妝的阿作和師傅聊了起來：「我今天約了阿美，打算帶上她，和外子一起去趟永樂座。」梳妝師傅回道：「哎呀！我也好想去呀！」兩人就這麼湊趣地聊著。梳化完後，師傅道聲謝便走了。

阿作的丈夫稍稍打開擱在起居室一隅的包裹，問阿作：「就穿這去？我覺得上回那一件比較適合妳。」阿作回道：「年末去阿美那兒就穿過那件了。」

丈夫回應：「是嗎？那就隨妳吧。外頭有點冷，我還是穿那件棉外褂去吧。」阿作不太高興地說：「你也真是的！出門老是穿這件。」阿作就是不想拿那件白色碎花樣棉外褂給丈夫穿上。

阿作總算梳妝打扮妥當，穿著時下流行的鶺鴒皺綢外褂，脖子上還圍了一條毛皮，揣著丈夫邊走邊聊。兩人來到十字路口，瞧見派出所那裡站著一群人。阿作攫著丈夫的棉外褂，挺直腰桿兒地窺看到底出了什麼事。

人群中有個身穿印有商號標誌短外褂的男子一會兒坐、一會兒站的不知在做什麼。只見男子在泥地上摔了好幾次，本來就有點褪色的短外褂剎時變得濕答答，閃著寒光。巡警盤問男子，只見他舌頭打結似的，口齒不清地大聲嚷嚷：「我、我是人！」圍觀眾人聞言大笑，阿作瞅了丈夫一眼，也笑了。只見醉漢睜大雙眼，瞪視眾人，喊著：「哪、哪裡奇怪？我是個人，有啥好奇怪？！」說完無力垂著頭的他又突然想起什麼似的大喊：「我是個人！」

就在這時，又冒出來一位也是穿著印有商號標誌短外褂，高個兒、臉黑黑的，拉著一輛運貨用推車的男子。只見他撥開人群，悄聲對巡警說了幾句話之後，轉頭喝斥醉漢：「我是來帶這傢伙回去的。還不快上車！」醉漢面露欣喜地道謝，隨即仰躺在推車上，瞅著清澄天空，眨了眨兩三下迷濛醉眼，又說起醉話：「混帳傢伙！幹嘛這麼瞧老子！我告訴你，我是人！」高個兒男用草繩將醉漢牢牢綁在推車上，又斥罵：「你要是人！就給我安分點！」活像拉著一頭待宰的豬，朝大街奔去。阿作緊緊攥住丈夫的棉外褂，目送推車行過掛著年飾的大門，逐漸遠去後，才趕赴阿美那兒。想到又添了一個新話題的阿作滿心歡喜。

山雞

五、六個人圍著火盆閒聊時，突然來了個年輕小伙子。沒人知道他是誰，是個完全沒見過的陌生人。年輕人沒帶介紹信，只差人通傳一聲，要求會面。我吩咐帶他去客廳，只見年輕人拎著一隻山雞，大方地進屋。彼此寒暄一番後，他便拿著那隻山雞，說道：「這是我老家寄來的。」作為見面禮。

那是個寒冷天，眾人吃著用山雞燉煮的羹湯。年輕人穿著外出服，拎著山雞進廚房，親自拔毛、切肉剁骨。長得瘦小的他有張長臉，戴著一副看起來度數頗深的眼鏡，鏡片在蒼白額頭下閃現光芒。比起他那副近視眼鏡，比起他蓄著的淺黑色唇髭，他穿的那件和服褲裙更為醒目；畢竟一般學生不太可能穿這種質地是小倉布料，上頭還是條紋花樣的衣物。他將雙手擱在褲裙上，表示自己的老家在南方。

過了一週，年輕人又來了。這回他帶來自己寫的稿子。我不客氣地對他說：「不怎麼好。」他說會試著重寫，便帶回稿子。又過了一週，他又揣著稿子來訪。於是乎，他每次都帶著自己寫的稿子登門造訪，有次甚至帶了寫成三冊的大作，可惜是寫得最不好的作品。曾有一、兩次，我從他的作品中挑選覺得還不錯的作品，推薦給雜誌，但編輯也是看在我的面子，才答應讓他的作品在雜誌上露臉，所以他一毛稿費也沒拿到。我聽說他的生活不太好過，他還告訴我，今後打算靠搖筆桿過活。

有一次，他帶了一件奇妙的東西給我。那是將曬乾的菊花弄成像海苔般薄薄一片，卻又頗硬的東西。他說這東西是用來做為素齋的小沙丁魚乾。當時同席的人說將這東西稍微泡一下，用滾水煮過便能當下酒菜。後來，他還送了一枝鈴蘭造型的人造花，說是他妹妹做的，花莖是用手指繞著一圈圈鐵絲做成的。我這才知道原來他和妹妹同住，兄妹倆租住在木柴店的樓上，妹妹每天都會去學習刺繡的樣子。後來他帶著用報紙包著，藏青色扣子上繡著白蝶的領飾，說了句：「這送您，如果您有戴這東西的話。」便離去。友人安野說：「這東西送我吧。」便拿走了。

他依舊不時登門造訪。每次來都會聊自己老家的景色、風俗習慣、傳說、傳統儀式與祭祀等各種事，還說他父親是漢學家，對篆刻頗有研究，祖母曾在大名府邸做事，猴年出生的她深得主公信賴，所以不時會賜給她一些與猿猴有關的物品；其中有一幅是出自華山[1]之手的長臂猿圖，還說下次帶來讓我欣賞一番，沒想到之後就沒再見到他了。

於是春去夏來，我也逐漸忘了這位年輕人的事。某天，那是個熱到即便只穿著一件薄衣，坐在曬不到陽光的客廳裡也暑氣難消的日子。他突然來找我。

他還是老樣子，穿著款式高雅的和服褲裙，頻頻用手帕擦拭蒼白臉上頻冒的汗珠。他看上去似乎清瘦些，難為情地向我借了二十圓。他說朋友突然生病，急需住院，所以他幫忙四處籌措費用，不得已才來找我。

我放下手中的書，直盯著他。他一如往常，雙手擱在膝上，恭謹端坐，低聲說：「請您幫忙。」我反問：「你朋友家真的窮到如此地步嗎？」他回道：「倒也不是，只是老家太遠，一時應不了急，才請朋友幫忙。」他說兩週後友人就會收到老家寄來的錢，所以他才答應幫忙籌措。只見年輕人從包袱拿出一幅畫，說道：「這就是先前跟您提過的華山作品。」隨即抽出半截紙裱的畫軸。我也不清楚這畫的優劣，瞧著畫上的印鑑，並沒有像是渡邊華山或橫山華山的落款。年輕人說這幅畫放我這兒，便準備離去；我雖然回絕，他卻不聽，擱下畫便走了。翌日，他上門取錢，爾後便杳無音訊。約定的兩週後，始終沒見他上門，想說自己這次怕是被騙了。那幅長臂猿的畫就這麼掛在牆上，迎來秋日。

穿上夾衣的我正覺得身子繃得太緊時，長塚一如往常地上門來借錢。我告訴他，自己對這種再三借錢的事十分厭煩時，冷不防想起那個年輕人。我告訴長塚：「我倒是有一筆欠款沒收回，如果你願意幫忙去討的話，這筆錢就借你。」長塚搔頭，遲疑半晌，才下決心說他願意去討那筆錢。於是，我寫了封信，說明借款交付此人，還讓長塚帶著這幅畫前去辦這事。

翌日，長塚又搭車來我家。一進門，便從懷裡掏出一封信，我接過一瞧，原來是我昨天寫的那封信。因為沒拆封，我問他是沒去嗎？只見長塚蹙眉，說道：「我去了。還真是白跑一趟。那個人可真是悽慘啊！不但住的地方破舊髒污，妻子是做針線活的，自己又得了病。我實在沒辦法開口說錢的事，便安慰他別擔心，說我只是來還畫軸。」我說「是喔」，還真是有些吃驚。

隔天，我收到年輕人送來的一封字跡秀麗的信，信中寫道：「對於自己撒謊一事，深感歉意，已收到畫軸。」我把這封信和其他書信一起收進雜物箱。

就這樣又逐漸忘了年輕人的事。

一晃眼，迎來冬日，照例忙著過年。我趁沒客人上門拜訪的空檔做些事時，女傭送來用油紙包的小包裹，只聽到這圓圓的東西發出鏗咚聲響。我忘了上頭寄件人的名字，原來是那位年輕人。拆開油紙，剝開報紙，裡頭是一隻山雞，還有一封信。信上寫道：「後來因為遇到諸多事情，我到現在才回老家。承蒙您借錢救急，我三月上京時必定還您。」還用山雞的血封信，所以凝固後不容易剝落。

那天又是週四，一群年輕人來我家聚會。我和五、六個人圍著大餐桌用膳，吃著用山雞燉煮的羹湯，一起替那位面色蒼白，穿著高雅和服褲裙的年輕人祈願，祝他早日功成名就。待眾人離去後，我寫了封信回禮，信上還添了句：「不必介意之前借的那筆錢。」

譯註1　渡邊華山，江戶後期的武士、畫家。

蒙娜麗莎

每逢週日，井深就會雙手揣在圍巾裡，去舊貨店晃晃，而且盡挑那些店面看起來有些骯髒，陳列的都是上個世紀廢棄品的店鋪逛。因為他本來就不是這方面的專家，只是憑個人喜好決定，所以買的都是些開價便宜、看起來還算有趣的東西。他在逛的當下總是暗想：這麼經年累月的採買，搞不好會讓我碰上好運吧？

一個月前，井深花了十五錢買了鐵壺蓋子當作紙鎮；這週日又花了二十五錢，買了鐵製的刀劍護手，也是用來作為紙鎮。今天，井深倒是想買個比較大的東西，好比字畫之類醒目的物品掛在書房當裝飾。他逛了一圈，瞧見店裡角落掛著一幅沾滿塵埃的彩色西洋仕女畫。磨出一道道溝槽的滑車上，不知為何擺了幾個花瓶，還插著一把尺八模樣的黃色笛子，恰巧遮住這幅畫。

洋畫和這間舊貨店實在格格不入，用色相當現代感的這幅畫被深埋於往昔氛圍中。井深判斷這幅畫應該不貴，一問之下，說是要一圓，這價錢令他有些猶豫。不過裱框的玻璃完好無損，畫框也還算堅實；井深和店主幾番論價後，以八十錢購得。

寒冷傍晚，井深抱著這幅半身畫像返家。他一走進昏暗房間便急忙拆掉包裝紙，將畫掛在牆上，然後在畫前坐下時，妻子提著洋燈走進來。井深要妻子提著燈站在畫旁，再次端詳這幅花了八十錢購買的畫。

整幅畫偏暗色調，唯獨畫中女子的臉有些泛黃，應該是年代久遠的緣故吧。坐在畫前的井深回頭瞅了一眼妻子，問道：「如何？」妻子稍稍舉起提著燈的手，默默地望著一會兒畫中女子，回了句：「這臉讓人覺得不太舒服。」井深只是笑笑地說這幅畫花了他八十錢。

井深用完晚膳後，站在腳凳上往橫木條打釘，掛上那幅畫。妻子忍不住開口：「還是別掛那兒吧。」因為搞不清楚畫中女子的來歷，總覺得讓她心裡不對勁。井深只回了句：「我看是妳太敏感吧。」便不再理會。

妻子回起居室，井深則是坐在桌前開始研讀資料，就這樣埋首研究了約莫十分鐘，又忽然抬頭看著那幅畫。只見他擱筆，轉著眼珠子，感覺畫中女子帶著一抹淺笑。井深直盯著她的嘴角，這幅畫的巧妙之處就在於光線的捕捉。薄唇朝兩邊微微上揚，雙頰各有一點點凹陷，給人一種似笑非笑的感覺。井深不明白畫中女子為何給人這種感覺，滿腹狐疑的他繼續查東西。

雖說是研究，其實泰半是抄寫東西，所以不需要多大專注力。過了一會兒後，井深又抬頭瞧著那幅畫；那嘴角果然藏著什麼奧妙吧。畫中女子的神情非常沉穩，那對單眼皮細長眸子的沉靜目光落在榻榻米上。井深再次將視線拉回桌上。

那天晚上，井深頻頻端詳那幅畫，這才意識到妻子的見解似乎有幾分理；但隔天又覺得沒那回事的他出門上工。下午四點左右返家的他瞧見那幅畫仰躺在桌子上，妻子說她中午經過那裡，那幅畫突然掉下來，難怪玻璃都碎了。井深將畫翻過來查看背面，原來是昨晚繫繩的扣環脫落。他順手打開畫框後蓋，發現裡頭夾著一張折得四四方方的西洋紙；打開一瞧，上頭寫著奇妙話語。

「蒙娜麗莎的唇中藏有女性之謎。一直以來能解此謎者除了達文西，再無他人。」

翌日，井深問同事：「蒙娜麗莎是何許人？」無奈沒人知曉。「達文西是誰？」他又問，還是無人知道。井深只得聽從妻子的建議，以五錢賣給收破爛的。

火災

快喘不過氣的我停下腳步，一仰頭，火星子飛過頭頂。抹上寒霜的天空如此清澄，卻飛散著無數旋即消失的火星子。就在我意識到這般光景時，身後又吹來一大片亮晃晃的東西，閃爍刺眼，熾熱不已，又倏然消失。

我望向火星子飛來的方向，火星子彷彿一根巨大水柱，遍染無垠蒼穹。隔著兩三戶人家的前方有間大寺院，粗大的冷杉突出於長長的石階上，靜靜地在夜裡伸展枝椏，聳立於斜坡上。那熊熊火勢就是從樹後邊燒起來的，周遭全都燒得通紅，只留下黑黑的樹幹和凝然不動的枝椏。看來起火點八成在那一帶的山坡，繼續前行一百多公尺，左拐上坡就到了火災現場。

我加快腳步，原本在我身後的人全都超越我，不停前行；還有人與我擦肩而過時，對我大聲嚷嚷，昏暗路況刺激著人們的神經。好不容易走完下坡路的我正要繼續爬上另一段坡道時，胸口不由得緊揪了一下。陡峭的山徑被黑壓壓的人群掩沒，火舌不斷竄出。被捲進這股人流漩渦的我只能無奈地被推擠著，彷彿往回走就會被烤焦似的。

我跟著人潮又前行了五十多米，往左拐是一處大山坡，總覺得從這裡往上走較為輕鬆又安全，畢竟厭煩了跟別人推擠，只想避開。好不容易拐彎，遠離人群，卻聽到前方傳來急促鈴聲，原來是送來了蒸氣幫浦；隨著一聲吆喝「不想被碾的話，就閃開！」載著幫浦的馬車全速朝人群奔來。伴隨著不絕於耳的馬蹄聲，馬臉扭向山坡方向，口沫飛濺，豎高雙耳，突然併攏前足，往前飛躍；有如天鵝絨般潔亮的栗子色馬身，飛快掠過穿著短外褂的男子手上的燈籠。眼看塗成紅色的大車輪就快碾到我的腳，載著幫浦的馬車瞬間筆直奔上山坡。

當我登至半山腰時，原本在前方的火舌卻出現在身後，我只好往左拐，往回走，瞥見前方有條窄巷。我又被推入人潮，四周一片昏暗，擠得水泄不通，還有人拚命叫喊，原來前方烈焰熊熊。

約莫過了十分鐘，我好不容易步出小巷。這條路亦不寬敞，卻也擠滿了人。我一出巷子，瞧見方才那輛載著幫浦的馬車。原來馬車在前方兩三棟房子的拐彎處動彈不得，只能眼睜睜地看著火勢愈來愈凶猛。

一旁推擠的人們紛紛大喊：「在哪兒啊？在哪兒啊？」有人回應：「在那裡！在那裡！」卻沒人敢靠近起火點。火舌猛竄，像要攪亂寂靜夜空似的直沖天際……。

翌日午後出門散步的我在好奇心的驅使下，想說去昨晚失火的那地方瞧瞧，於是一如往常地上坡，走過昨晚那條小巷，行經載著幫浦的馬車一度進退維谷的地方，然後走過兩三戶人家後拐個彎，沿路前行。只見一整排人家靜悄悄的，沒有半點聲響，活像在冬眠，也沒看到任何燒毀殘跡。我記得昨晚失火之處就是這裡呀！但這裡只有一整排美麗杉木，某戶人家還流洩出幽微琴聲。

霧

昨晚夜半時分，躺在床上的我聽到劈啪聲響。聲響是來自我家附近一處名叫克拉帕姆．傑克遜的大車站，一天之中匯集著數以千計的火車；仔細觀察，每輛火車都肩負使命進出車站。霧氣瀰漫時，火車會先發出爆竹般的巨響，藉以作為暗號；無奈四周一片昏暗，無論是打出藍色還是紅色訊號燈，都起不了什麼作用。

我起身下床，捲起北邊窗戶的遮簾，俯瞰外面。外頭一片霧茫茫，從樓下草坪到砌成一人高的紅磚牆，什麼都看不見，只有空虛感充斥其間，靜寂地凝結於此。隔壁人家的庭院亦然，那戶人家的草坪很美，一到春暖花開時節，白鬍子老爺爺就會來庭院曬曬太陽。老爺爺的右手總是停著一隻鸚鵡，他喜歡把整張臉湊近鸚鵡，近到小傢伙可以啄他一口，然後將牠帶至家裡養的其他鳥兒那裡，只見鸚鵡拍著翅膀，一個勁兒地鳴叫。要是老人家沒出來庭院閒晃，他女兒就會撩起裙襬，用除草機不停除草。充滿各種記憶的庭院如今已被埋於霧中，與我租住的這棟寒酸樓房連成一片。

隔著後巷，對面有座哥德式教堂。刺向天際的塔尖不時響起鐘聲，週日更是頻繁。塔尖就不用說了，連交錯碎石堆疊的塔身也瞧不清楚；心想應該是在那方向沒錯，卻又有些遲疑，聽不到任何鐘聲，就連鐘的形狀也因為濃霧深鎖而瞧不清。

我步出家門，只能瞧見前方兩戶人家；沿著這兩間屋子往前走，才能看見另外兩戶人家，頓覺世界彷彿縮小成只有兩間屋子的一方天地。愈往前走，就愈能瞧見新的一方天地，感覺一路走來的過往世界已然消失。

我來到位於十字路口的候車站，眼前突然出現劃破深灰色天空的馬頭；但坐在巴士頂上的人們仍舊籠罩於濃霧中。我在一片霧茫茫中上車，往下一瞅卻看不清馬首，只有在兩輛巴士會車時，才稍微看清周遭一切；但不一會兒，帶有顏色的東西又消失於茫茫虛空，被包裹在這片無色世界中的我只能怔怔前行。巴士行經威斯特敏司塔橋時，有個白色物體三番兩次地掠過眼前。我定睛一瞧，原來是海鷗飛翔在被濃霧深鎖的大氣中，一切如夢似幻。此時，從頭頂上方傳來大笨鐘告知十點的鐘聲；抬頭仰望，只餘鐘聲在空中迴盪。

我在維多利亞辦完事之後，從泰德美術館沿著河，來到帕達錫，原本呈現深灰色的世界突然暗下來。彷如溶化的泥炭在我四周流淌著，染成黑色的厚重濃霧直逼我的眼睛與口鼻。外套濕得讓我想用來塢住口鼻，總覺得吸入的是葛湯，直叫人快喘不過氣，雙腳就像踩進地窖似的。

我茫然佇立在這片沉悶的茶褐色中，感覺有許多人從我身旁走過；但除非有碰觸，不然沒有真切實感。此時，這般迷濛大海中有個豆子大小的黃點流過我面前，我朝這東西走了四步，瞥見自己的臉映在商店的櫥窗，店裡開著瓦斯燈，裡頭明亮多了。看到人們像平常一樣交談著的我總算鬆了一口氣。

我走過帕達錫，沒先探查便登上一座小山丘，山丘上都是些普通民家，有好幾條平行的巷子，即便在蔚藍晴空下遊走其間也很容易迷路。我提醒自己在前面的第二條巷子左拐，再往前走個百來米，其實我也不清楚接下來該如何走，只能獨自偏著頭，站在昏暗中。就在我聽到從右後方傳來腳步聲時，腳步聲卻在停在離我這兒還有四五間房子遠的地方。腳步聲逐漸沒了，四周又回復靜寂。我又在黑暗中獨自思索，這才想起要如何走回下榻處。

字畫

大刀老人決定趕在亡妻的三周年忌日之前，為她立一塊石碑。無奈家中只靠兒子的微薄薪資過活，實在沒多餘錢財可支用，眼看又來到春季。「三月八日是你娘的忌日啊！」老人提醒兒子。兒子只回了句：「是啊。」大刀老人為了籌錢，打算賣掉先祖傳下來的一幅字畫，遂找兒子商量。兒子雖然反對，卻也無可奈何，只好同意。老人的兒子在內務省的社寺局做事，每月薪俸四十圓，與妻子育有兩個孩子，還有老父親要照顧，身上的擔子頗重。要不是老人家還在，這幅字畫早就拿去變賣，貼補家用。

因為年湮代遠的緣故，這幅約一尺見方的字畫絹面呈現燻竹似的黑紅色，掛在昏暗的起居室，黯淡得看不清上頭繪些什麼。老人說這幅字畫出自王若水[1]之手，繪的是葵。老人每月從壁櫃拿出來一、兩次，拂去桐木盒上的塵埃，小心翼翼地取出這幅字畫，掛在三尺高的牆上，欣賞一番。就在老人端詳時，發現字畫上有個像是陳年血跡的圖樣，還留有仿似銅銹般淡淡痕跡。老人每每看著這幅早已模糊的中國畫，便暫時忘卻自己身處久到令人不由得心生感慨的世界。有時，他會邊凝視這幅字畫，邊抽菸或喝茶，不然就是怔怔地凝望著。「爺爺，這是什麼啊？」眼看小孫子的手就要碰到字畫，老人這才回神似的邊說「別碰」邊起身，收起字畫。

小孫子吵著要糖吃，承諾孫子買糖的老人一邊叮囑孫子別調皮，一邊收起字畫，放入桐木盒子，收進壁櫃後出門散步。回家時，順道去糖果店買了兩包薄荷口味的糖果給孫子。因為兒子晚婚，一個孩子六歲，另一個才四歲。

老人和兒子商談後的隔日，用包巾裹好盒子，一早便出門。直到下午四點左右，才又帶著盒子返家。小孫子又奔至門口，向爺爺討糖吃，老人卻一聲不吭地走進起居室，取出那幅字畫掛在牆上，怔怔地望著。原來他揣著這幅字畫，跑了四、五間商家，結果不是被嫌畫上沒落款，就是說這東西褪色斑駁，沒有半點老人期待的珍視感。

兒子要老人別拿去商家賣，老人也覺得生意人靠不住。就這麼過了兩週，老人又揣著桐木盒出門，這次是經由別人介紹，拿去給兒子的頂頭上司的朋友瞧瞧。這次他也沒買孫子愛吃的糖果回家。兒子一進門，「那麼沒眼力的男人，怎能將這東西割愛給他？況且他家擺的全是贋品。」老人像在數落兒子不道德似的抱怨著，兒子只能苦笑。

二月初，偶然來了個不錯的機會，這幅字畫總算脫手給一位風雅之士。老人前往谷中，給亡妻訂製一塊十分氣派的石碑，然後將剩下的錢存入郵局。約莫又過了五天，老人一如往常出門散步，卻比平常遲了兩個鐘頭才返家，手上還抱著兩大袋糖果。原來老人一心掛念已經脫手的那幅字畫，便請求買家讓他瞧一眼。那幅字畫掛在四疊半的茶室，前方還插著清爽臘梅。老人告訴兒子，對方還請他喝茶，或許掛在那裡比放在自己身邊來得安心。兒子也回應說不定真是如此。於是，小孫子整整三天都有糖吃。

譯註1　王淵，字若水，中國元末畫家。

紀元節

坐北朝南的教室裡坐著三十個孩子，個個背對著陽光，黑黑的腦袋瓜一齊看向黑板時，老師從走廊裡走進教室。是個身形瘦小，有雙大眼，留著下巴鬍的男老師。他那被鬍子磨蹭的和服領子，看起來就像沾了薄薄一層汙垢似的。老師那身和服，沒有修整的鬍子，加上溫吞的好脾性，以致於沒人把他放在眼裡。

老師拿起粉筆，在黑板上寫了「記元節」這幾個大字。只見孩子們的腦袋瓜像是被人按壓在課桌上似的，開始振筆寫作文。老師挺直背脊，環視一遍後就這麼步出教室。

於是，坐在從後頭數來第三張桌子的孩子起身走到老師專用的桌子旁，拿起桌上的粉筆，將黑板上的「記元節」的記字槓掉，在旁邊寫了個粗體字的「紀」[1]，此舉讓其他孩子看得目瞪口呆。這個孩子回座後不久，老師才返回教室，察覺黑板上的塗改。

「是誰改的『紀』字啊？不過寫成『記』也行。」這麼說的老師又環視眾人，沒人吭聲。

那個把「記」改成「紀」的孩子就是我。即使來到明治四十二年的今日，每當我想起這件事，心情就不自覺的鬱悶，而且不只一次想著，這件事要是發生在眾人畏懼的校長身上，而不是隨興散漫的福田老師就好了。

譯註1　紀元節是日本的國定假日，紀念初代天皇神武天皇的即位日。

生意經

「那邊是栗子的產地吧。現在的行情差不多是四升兌現一兩吧。拿來我這裡，可是能賣到一圓五十錢呢！而且啊，我碰巧去那裡時，就已經從濱這地方拿到一千八百袋的訂單。順利的話，一升還能超過二圓，所以趕緊湊足一千八百袋，就能連同自己的栗子一起交貨。買家是中國人，貨當然是送往自己的國家啦！有人說中國人出面，一切好辦事，我想說這筆買賣肯定沒問題。就在我這麼思量時，有人搬來足足有一間[1]這麼高的大木桶，放在倉庫前，還拚命往桶裡灌水。哎呀！我也不知做什麼用。畢竟那麼大的一個桶子，要灌滿水也不是件容易的事，就這麼忙了大半天。我想著接下來要幹什麼時，發現我那些栗子啊，全被拆封倒進桶子，看得我目瞪口呆，心想這下子中國人豈不察覺這貨出得良莠不齊。倒進水裡的栗子啊，品質好的往下沉，蟲子啃過的會浮在水面，要是遭精明的中國佬篩出劣質品，那可怎麼得了。一包包分量豈不被七折八扣，我可擔不起這損失啊！一旁瞅著的我擔心不已。結果七成都被蟲子啃過，這下糟了。這筆買賣可是慘賠呀！蟲子啃過的肯定不會有人要。好在買主是中國人，索性佯裝不知有這回事，打包好後就這麼交貨。後來啊，我還進了一批薩摩芋，一包四圓，簽了一筆兩千包的訂單，說好十四日到二十五日這期間交貨，但怎麼籌措也湊不足這數量啊！只好忍痛回絕這筆生意。老實說，真是心疼啊！後來，商館老闆安慰我：『合約上押的是二十五日沒錯，但也不必緊扣著這日期啊！』經他這麼一說，我才寬心。這芋頭啊，不是運往中國，而是美國，聽說那邊有不少傢伙愛吃芋頭，可真稀奇呀！於是我從埼玉到川越，卯足勁地收購。這兩千包的量，嘴巴說說好像沒什麼，但囤積起來可真不得了。二十八日過後，我好不容易湊足了數量，沒想到貨一到對方手上……，這世上就是有這麼狡猾的傢伙，說什麼合約有一條逾期賣方得支付八千圓賠償金。是有這一條沒錯，但那傢伙死皮賴臉地不付款，甚至連訂金四千圓都給吞了。眼看雙方一來一往的，那一大堆芋頭只能積在船艙裡，著實叫人氣悶！我花了一千圓保證金，申請現貨扣押，可沒想到對方道高一尺，魔高一丈，付了八千圓保證金，就想打發著出船。後來我們對簿公堂，無奈合約白紙黑字寫得清楚，也沒辦法。我在法官面前哭了，結果只拿回芋頭，官司卻輸了。再也沒有比這更蠢的事。我請法官設身處地可憐可憐我，他心裡大概也挺同情我吧。但礙於法規，這場官司我還是輸了。」

譯註1　一間約一百八十公分。

隊伍

我冷不防抬眼看向門口，書房的門不知何時半敞著，足足有兩尺寬的走廊盡頭被細細的欄杆擋住，上方的玻璃窗緊閉。從晴空灑落的陽光斜過玄關，穿透玻璃窗，照亮了簷廊，連書房門口都暖洋洋。我凝望著日照之處有好一會兒，彷若陽光從眼底湧出來似的，春意滿盈。

此時，有個和欄杆一般高的東西凌空從約莫兩尺寬的縫隙間迸出。紅底緞子繡著白色藤蔓花紋，還打了個結，別在額頭上方的秀髮。看上去像是海棠花的四周鑲著綠葉，別在黑髮上的淡紅色大花苞像是大水滴，看起來格外顯眼。只見紫色衣褶在短了一截的下巴正下方，蠢蠢動著。瞧不見袖子、手和腳。身影像是穿過落在長廊上的陽光，直往前行，緊接著跟在後頭的是……

個子稍微矮了些，一塊豔紅厚布從腦門披至肩膀，背上繡著交錯的竹葉花樣，身子正中央那一片成了深灰裡的一抹綠。竹葉花樣比擱在長廊上的那雙腳還大。待那雙腳移動了三步左右，身形較矮的早已無聲無息地走過書房門口。

第三位戴著藍白相間的格紋頭巾。帽緣下的那張側臉鼓著腮幫子，半邊臉頰紅得跟熟透的蘋果沒兩樣，只瞧見眉尾的茶褐色眉毛下方陡然凹陷，圓鼻稍稍比豐腴的雙頰高一些，大半張臉被黃色條紋覆住，長長的衣袖鑲著三寸多的袖邊。只見他拄著胡麻竹杖，經過我面前。竹杖前端裝飾著光澤亮麗的羽毛，被陽光照得閃耀生輝。就在我心想那黃色袖邊的襯衣袖子彷彿閃現銀光時，人影早已走遠。

緊接著出現一張塗得雪白的臉，從額頭開始，朝雙頰抹去，直達耳根，看上去有如一堵牆般靜謐，只有眼珠子還靈巧著。唇色豔紅，折射出藍綠光。胸口一帶像是鴿子的顏色，往下瞧，直到褲腳一帶，著實叫人看得眼花撩亂。只見他神情嚴肅地揣著一把小提琴，手持長長的琴弓。待他走過書房門口，繡在背上那塊方形黑緞子上的金線刺繡被陽光照得刺眼。

最後出現的是個小不點，活像從欄杆下方滾過來似的。身形矮小的他卻長著一張大臉，腦子也特別大，還戴著一頂五顏六色的帽子。帽子中央高聳著一個小東西，穿著一身繡上井字花紋的筒袖和服，一塊三角形的藍紫色天鵝絨面料從背脊垂至腰部下方，腳上穿著紅色足袋，手上拿的那把朝鮮團扇足足有半個他那麼大。團扇上頭用紅黃藍三種漆，繪上類似太極的圖。

隊伍就這樣靜靜地從我面前走過。敞開的房門，空虛的陽光遍灑書房門口，就在我感覺四尺寬的簷廊如此清寂時，冷不防從對面一隅傳來小提琴樂聲，隨即響起從好幾個小小喉嚨發出的笑聲。

家裡的孩子每天都要拿出母親的外褂和包巾，玩這麼一場遊戲。

往昔

這裡是正值秋季的皮特洛赫里山谷，映入眼簾的是被十月陽光染上溫暖顏色的山野與森林。人們在這座山谷裡生活著，十月的陽光裹住靜謐山谷裡的空氣，就這麼滯留其中，盤旋在沒有半點風的村落上方，沒有逃向山的另一頭。山野與森林的色彩逐漸變化，就像酸澀東西會不知不覺地變得香甜，山谷隨著時光流轉，愈發清幽。此刻的皮特洛赫里山谷回到百年前、回到二百年前的往昔，更顯清寂。一張張熟稔世俗的面容湊在一塊兒，眺望飄過山脊的雲朵。那雲朵有時是白色，有時成了灰色。不時能從淺淺的山谷看透周遭山景。無論何時，總是讓人萌發思古幽情。

自己的家就矗立在方便眺望雲朵與山谷，一處小山丘上。朝南的那堵牆位於向陽處，不知已經被十月的陽光曬了多少年，靠西側的那一帶已被曬成枯槁的深灰色，還攀著一株薔薇，幾朵花兒綻放在冷冷的牆面與暖陽之間。大大的花瓣彷如黃色波浪，盛開的模樣像是從花萼翻出來似的，四周一片靜寂。香氣被微微的日光吸收，消散於約莫兩間[1]大的屋子裡。我佇立屋內，往上瞧著朝高處攀爬的薔薇。深灰色的牆筆直矗立於藤蔓無法搆著的地方，屋簷另一頭還出現一座塔，陽光從更高處的薄霧灑落。

腳下的山丘座落於皮特洛赫里山谷，觸目所及的遙遠谷底染上一片秋色，對面的山稜堆疊著層層的枯黃樺樹葉，濃淡相間的坡道上鋪著無數石階。一派明亮的山谷反射出清寂氛圍，一道黑色長條物蜿蜒蠢動著，挾雜著泥炭的溪水有如融化的染料粉末，呈現出陳舊顏色。我一走進這處深山，便瞧見這麼一條溪水。

這片山野的主人出現在我身後。主人的鬍鬚被十月的陽光染成七分白，身上的裝束不是尋常人的打扮，穿著一條色彩繽紛的粗條紋織品，像是蓋在膝上保暖用的毛毯，長度恰好蓋住膝蓋，活似燈籠褲，還有一道道皺褶，小腿肚則是被厚厚的毛襪裹得密實。只見他每走一步，皺褶也跟著搖晃，膝蓋與大腿間一帶若隱若現。這是不介意裸露胴體，舊時代之人穿的衣物。

主人的腰際掛著大小和木魚差不多，用毛皮做的小包包。坐在火爐一旁椅子上的他一邊瞅著燒得通紅，嗶啪作響的煤炭，一邊掏出放在錢包裡的菸斗和菸草，在漫漫長夜裡吞雲吐霧。這小包包名為「斯普蘭」（sporran）。

我和主人一起下了山崖，拐進一條昏暗小徑。一種名為「蘇格蘭冷杉」的樹葉看起來像是攀附在海帶絲上，怎麼也抖落不掉的雲。栗鼠搖著又長又粗的尾巴，在黑黑的樹幹上亂竄。就在我注視這光景時，又有一隻從經年累月聚積的厚厚青苔上飛竄而過，青苔依舊蓬鬆，穩如泰山。栗鼠的尾巴活像一把撢子，拂過綠得發黑的土地，躲進暗處。

主人轉過頭，指著明亮的皮特洛赫里山谷。幽黑河水依舊流淌於山谷中央。他告訴我，沿著河流往北溯行一里半，就是名為「基利克蘭基」的峽谷。

據說高山人和平地人於這處峽谷對戰時，無數戰亡屍體卡在岩縫中，把沖刷岩石的河水都給堵住。飲著高山人與平地人鮮血的這條河流就這樣變了色，在山谷裡整整流動了三天。

我決定明日一早造訪那處古戰場。步出山崖，腳邊散落著兩、三片美麗的薔薇花瓣。

譯註1　日本的傳統測量單位，一間約六尺大。

聲響

豐三郎搬進這裡已經三天了。頭一天，他在向晚暮色中，拚命收拾東西，整理書籍，忙到宛如飄來乎去的影子。忙完後，去了趟街上的澡堂，一回家便倒頭入睡。第二天從學校回來的他坐在書桌前看了一會兒書，不知是否因為一下子換了環境，總覺得使不上勁兒。窗外不時傳來鋸東西的聲響。

豐三郎就這麼坐著，伸手拉開紙窗，瞧見園藝師正在面前使力卸下梧桐枝。又粗又長的枝椏被他毫不憐惜地從根部硬是拉拔，就這麼落至地上，切口部分的斑斑白點分外醒目。空寂的穹蒼彷彿瞬間從遠處匯聚到窗前，一眼便能望盡無垠天際。豐三郎托腮，怔怔地望著梧桐樹上方的秋日晴空。

就在他將視線從梧桐移向天空時，突然心緒怦然，但不一會兒便平復，思鄉之情猶如一個點似的從心裡一隅迸出。這個點雖然在遙遠彼端，卻清晰的恍如在桌上。

山腰上有個稻草葺的大屋頂。從村子往山上走個二百公尺，便來到自家門口。進門便能瞧見一匹馬，馬鞍旁綁著一束菊花，馬兒身上的鈴聲一響，菊花便掩沒於白牆後。高掛的日頭照著屋脊，讓遮蔽屋後山景的茂密松樹幹看起來格外閃亮。正值採蘑菇的時節，豊三郎嗅到桌上那剛採的蘑菇香，還聽到母親「阿豊、阿豊」的叫喚聲，聲音聽來十分遙遠，卻又清楚得彷彿能搆著。母親於五年前離世。

豊三郎驚怔回神，梧桐樹梢再次躍入眼簾。正在伸展的枝椏一端被鋸斷，根部埋著樹瘤，氣力耗盡般的頹喪樣。豊三郎突然有一種自己被人硬是按押在桌上的感覺。隔著梧桐望向籬笆外，瞧見兩三棟陳舊的長屋。破舊到露出棉絮的被子大剌剌地曬著秋陽，一旁站著的老婆婆望著梧桐樹梢。

舊到條紋都快看不清的和服上頭，纏著細細的腰帶，用一把大梳子盤起稀疏頭髮，就這樣一臉茫然地望著隱於枝椏之間的梧桐樹梢。豊三郎看著婆婆那張蒼白浮腫的臉，浮腫的眼瞼深處有對細小眼睛，只見她瞇起眼，抬頭看著豊三郎。豊三郎趕緊將視線移回桌上。

第三天，豊三郎去花店買菊花。他想買栽植在老家庭院裡的那種菊花，卻沒找著，只好買了店裡現有的品種，老闆用稻草捆好三株菊花，豊三郎將花插在像是酒瓶的花瓶裡。他拿出塞在行李底部，帆足萬里[1]寫的一小幅字，掛在牆上。這是前幾年回鄉省親時，特地帶出來裝飾住居用的。豊三郎索性坐在坐墊上，欣賞著掛畫和花。此時，從窗外的長屋那兒傳來「阿豊、阿豊」的叫喚聲，無論是音調、音色都與母親一模一樣。豊三郎趕緊開窗，瞧見昨天那位面色蒼白浮腫的婆婆，秋日照在她的額頭上，朝臉上掛著鼻涕，十二、三歲的孩子招手。隨著開窗聲，婆婆睜著那對浮腫雙眼，抬頭望向豊三郎。

譯註1　一七七八—一八五二，江戶時代後期的儒學家。

錢

你要是一口氣讀了活像辛辣報導、煽情照片這般風格的小說，肯定會厭倦。吃飯一事亦然，生活的艱難必須與飯一起塞進胃裡，不然肚子就會脹得百般難受。

我戴上帽子，去找一位名叫空古子的人。因為此時這位名叫空古子的人，方能騰出時間與人聊聊。他是個有著幾分哲學家氣質，又像個算命師的奇妙男人。他說在這處一望無際的空間裡，四處都會鬧起比地球還大的火災，而火災消息傳到我們耳裡往往得花上百年，所以他在自己家裡鬧了一場火災。妙的是，他家在神田那場火災中竟然安然無損，這可是千真萬確的事。

空古子倚著方形小火盆，用黃銅製的火挾子在灰燼上寫字。我問他：「怎麼啦？你又一門心思往死裡鑽啊？」只見他一臉嫌煩地回了句：「嗯，稍稍思索一下錢的事。」我可不想特地來一趟這裡，卻要聽些關於錢的事，決定沉默以對。只見空谷子突然有什麼大發現似的說：

「錢有魔力啊！」

我心想這句醒世警語也太陳腐，遂淡淡回了句「是啊」，並未多加理會。

空谷子在火盆灰燼裡繪了個大圓，然後指了指圓的正中央，說道：「你的錢在這裡。」

「這裡可是百變啊！可以變成衣服、變成食物，還能變成電車、用來租房子。」

「廢話！這誰都知道，不是嗎？」

「不，不是誰都明白的事。這圓啊！」他又繪了個大圓。

「這圓啊，能讓人變成好人，也能變成壞人；能讓人去極樂世界，也能讓人下地獄，這變通性可大呢！可惜這世界還不夠文明，待人類文明再開化些，就能明白為何必須限制錢的變通性。」

「怎麼做？」

「怎麼做都行……，好比將錢分成五種顏色，紅、藍、白之類的，比較好吧。」

「然後呢？」

「然後啊，紅色的錢只能在紅色區域流通，白色的錢只能在白色區域使用，一旦出了範圍就像破瓦片般沒了價值，予以限制。」

倘若空谷子是和初次見面的人聊這種事，也許你會覺得他是個腦子有異，愛高談闊論的傢伙；但這男人可是會想像比地球還大的火災，所以他會說這番話也是理所當然，絲毫不必替他擔心。空谷子回道：

「從某方面來看，錢這玩意兒就是勞力的符號吧。但勞力有千百種，要是都訂為同樣的金額，硬是拉到同樣的水平，可就大錯特錯了。比方說，我在這裡挖掘一萬噸煤炭，這樣的勞力不過是一種機械性勞力，要是把這勞力換成錢，這錢就只能在一樣屬於機械性勞力的範圍內交換，不是嗎？不過啊，這種機械性勞力一旦換成錢，就有了神通廣大之力，可以名正言順地置換成道德性勞力。這麼一來，精神方面就會被攪亂，這不就是可怕至極的魔力嗎？所以必須用顏色區分，也必須讓人們多少明白這道理。」

我倒是挺贊成他這個分色說法。停頓片刻後，我問空谷子：

「雖然用機械性勞力購買道德性勞力不是件好事，但被收購的一方也有不是之處吧？」

「是啊！錢變得如此神通廣大，即便神祇下凡也奈何不了。看來野蠻就是現今時代的神祇。」

我和空谷子聊了一番金錢論後，便返家。

心

我將手巾掛在二樓的欄杆上，俯瞰春光明媚的大街，只見纏著頭巾，蓄著稀疏白鬍的修理木屐師傅走過籬笆牆。他將一面舊鼓綁在扁擔上，用竹棒咚咚地敲著鼓，那鼓聲就像腦子裡突然迸出來的記憶，如此犀利卻又好似漏了點什麼。只見老爺爺走到斜對面的醫師家大門旁，一如往常地敲著鼓技不怎麼高超的春鼓，有隻鳥兒從他頭頂上方盛開的雪白梅花飛過。一不留神，木屐師傅便沿著青竹籬走到另一頭，不見蹤跡。鳥兒忽地振翅，飛到欄杆底下，不一會兒又停在石榴細枝上，看上去仍舊一副心神不定樣。接二連三換著身姿的牠突然抬頭瞅了眼倚欄憑靠的我，旋即又飛離了枝頭。我這才留意到樹枝上的動靜時，鳥兒一雙漂亮的爪子已經踩在欄杆扶手上。

那是我從未見過的鳥兒，也就叫不出牠的名字，但那一身色調令我怦然。鳥兒長得有點像黃鸝，但羽翼更靈巧，胸口一帶偏紅磚瓦色，羽毛蓬鬆得彷彿一吹就會飛起來似的。翅膀不時搧起柔和的漣漪，如此溫馴乖巧。我總覺得驚動牠是種罪過，所以就這樣倚欄了好一會兒，忍耐著連根手指頭都不敢動。因為鳥兒出乎意料地鎮靜，所以我心一橫，悄悄退到牠身後，只見鳥兒敏捷地飛到欄杆上，迫近我眼前，我和牠之間僅一尺之隔，右手不自覺地伸向美麗的鳥兒。只見牠像是要將輕柔羽翼，美麗爪子，以及如同漾著漣漪般的胸口，甚至是自己的命運全託付給我似的，安然飛到我的掌心。我俯視著牠那圓圓小頭，心中暗忖「這隻鳥……。」的我竟然一時詞窮；思緒沉潛於心底，卻又模糊不清；總覺得有股不可思議的力量，將遍染心底的東西匯聚到一處，一旦清楚明瞭……我想那形體的顏色大概就和此時停在我手上的鳥兒一樣吧。我將鳥兒放進籠子，一直瞅著牠，直到春陽將沉，然後思索著牠又是懷著什麼樣的心情瞧我呢？

之後，我便出門散步。心情愉悅，漫無目的地走過好幾條街，來到一條熱鬧大街，這條街一會兒往右拐，一會兒朝左彎，陌生人身後又冒出一群陌生人。不管怎麼走，街上始終很熱鬧、充滿活力，感覺自己正置身某處和這世界打交道，而且有一種莫名的不自在感吧。自己也說不上來。雖然和幾千人萍水相逢是件讓人愉快的事，但也僅止於愉快，那些人的眼神、鼻子無法映在我的腦中。這時，不知從哪兒傳來風鈴掉落在屋瓦上的聲響，驚怔的我看向對街，瞧見離這裡五、六間房子遠的小路口站著一位女子。看不清楚她穿著什麼款式的和服，梳著什麼樣的髮型，眼裡只映著她那張臉；但要分別敘述五官可真是件難事。不，眼、嘴、鼻、眉與額頭是一體的，那是一張為我打造的臉。從百年前就站在那兒，眼、鼻、嘴都在等待我的一張臉；也是讓我百年後，無論天涯海角都會追隨的臉，一張默默訴說著什麼的臉。

女人默默地轉身離去，我追上去一瞧，原以為是小路的地方原來是條小巷，狹窄、昏暗到讓我躊躇不已。女人卻沉默不語地走進巷子，還對我說了句：「隨我來！」我只好縮著身子，走進小巷。

黑色暖簾飄啊飄的，上頭印著白字；接著是低到幾乎快碰著頭頂的門前燈，然後看到正中央寫著「三階松」這幾個字的柱子，接著是塞滿糯米小脆餅的玻璃盒子，再接著是排放在屋簷下，掛著碎花小布片五、六個方框，又瞧見一只香水瓶，接著便停步在倉庫的黑色土牆前，女人就在我的前方兩尺處，只見她突然回頭瞧了我一眼，隨即往右拐。此刻，我的腦子裡突然充斥著那鳥兒的心思，趕緊跟隨女子往右拐。這一拐，眼前出現一條更長的小巷，又窄又昏暗，綿延無盡。我像那隻鳥兒一樣，跟隨女人走在這條又窄又昏暗，望不見盡頭的小巷。

變化

我們在二樓兩張榻榻米大的房間裡擺了張桌子。即便過了二十多年後的今天，榻榻米那紅裡發著黑光的模樣依然烙印眼底。房間朝北，兩人坐在高度不及二尺的小窗子前，並肩挨坐著預習功課。屋內一旦變得昏暗，顧不得寒冷的兩人便打開紙窗。有時會瞧見窗子正下方那戶人家的竹籬笆裡站了個正在發楞的少女。靜謐暮色下，女孩的身姿顯得格外秀麗。我們不時會怔怔望著，心想：啊～好美呀！但我沒向中村透露過半點對女孩的心思，中村也一樣。

我完全忘了女孩長什麼模樣，只依稀記得她好像是木匠家的閨女，家境清貧的孩子。我和中村租住在年久失修，屋頂連一塊瓦片都沒有，簡陋長屋裡的一間房。租住在樓下的是窮學生和舍監，共十個人；還有一間無法遮風避雨的食堂，大夥都是穿著木屐，圍坐在那兒吃飯。雖然一個月飯錢只要二圓，但飯菜難吃極了。不過，每隔幾天還是能喝上一次牛肉湯，當然只有湯汁上頭浮著些許肉末，頂多也只是筷子能沾點肉香罷了。所以寄宿生們常發牢騷，抱怨舍監不讓他們吃上美味飯菜。

中村和我是這間私塾的老師，兩人月俸各五圓，一天教課二個鐘頭。我用英語教地理和幾何學；教授幾何學時，無論如何都要重疊的線卻無法疊在一起時，著實令我困窘。不過，在複雜圖上畫粗線時，看到兩條線在黑板上順利重疊又讓我欣喜。

我們倆一早起來便走過兩國橋，去一橋的預備門[1]上課。那時預備門一個月的學費是二十五錢。兩人把每個月的薪俸放在桌上攪和，先扣掉學費二十五錢和菜錢二圓，再扣掉些許上澡堂的錢，剩下來的錢就各自揣在懷裡，四處找店大啖蕎麥麵、年糕湯和壽司。一旦花光共同財產，兩人也就口袋空空了。

有一次我們去上課，途經兩國橋時，中村問我：「你在讀的那本西洋小說可有美女角色？」我回了句：「嗯，有啊。」如今我卻一點也想不起來那是本甚麼樣的小說，裡頭又是出現甚麼樣的美女。中村從那時起就不讀小說類的書了。

又有一次，中村在划艇比賽拔得頭籌，學校頒了一筆獎金給他，他用這筆錢去買書，某位教授還在這本書寫下「贈予某某，以資紀念」的文字。那時中村對我說：「我不太看書了。看你喜歡什麼樣的書，我買給你吧。」於是他買了阿諾德[2]的論文，以及莎翁的《哈姆雷特》，我到現在還留存著。那是我頭一次讀《哈姆雷特》，根本看不太懂。

後來中村去了台灣，我們就一直沒再見過，想不到多年後竟然會在倫敦街頭重逢。記得是七年前的事，中村的模樣還是和以前一樣，沒什麼改變，手頭倒是闊綽不少。我們相約去了好多地方，不同的是，中村沒再問我手邊讀的西洋小說裡有沒有美女角色，反倒聊起不少關於西方美女的事。

我們回到日本後，幾乎沒再見過。今年一月底，他突然差人找我，說有事想和我商量，請我去趟築地的新喜樂。他約我中午碰面，但眼看都過十一點了。而且那天外頭風很大，大到一走出去，帽子和車子都會吹飛似的，加上我那天下午有非得處理的要緊事，所以請內人打電話給他，說我今天不方便，可否改約明日。他說明天要忙著準備出遠門的事，話都還沒講完，電話便斷線，內人又撥了好幾次電話，卻怎麼也聯繫不上。可能是因為風太強，影響電話線吧。只見內人一臉鐵青地回家，就這樣我們還是沒碰上面。

昔日的中村成了滿鐵的總裁，我則是成了小說家。我不清楚身為滿鐵的總裁都幹些什麼事，他大概也沒看過我寫的小說吧。

譯註1　大學預備門是專門收考取東京帝國大學，也就是現在的東京大學的學生，其中的「一高」就是後來東大教養部的前身。

譯註2　Matthew Arnold，英國作家。

克雷格老師

克雷格老師像燕子似的把自己的窩築在四樓。站在石板路邊抬頭仰望，連窗戶也見不著。從樓下拾級而上，要爬到大腿有點痠疼，才好不容易來到老師家門前。雖說是大門，但什麼門扉啦，屋頂啦，這些東西統統都沒有。不足三尺寬的黑門上，只掛了個黃銅門環。我在門前稍稍歇息了一會兒，才啪啪地敲了敲門環，有人來應門。

每次都是那個女人來開門。可能近視吧。總是戴著眼鏡，還一副詫異樣。看起來約莫五十來歲的她，照理說應該見過不少世面，卻總是露出這種大驚小怪的表情，眼睛睜大到讓人覺得自己有些過意不去。

我進了屋，女人旋即離去。一進門便是客廳……，其實我一開始不覺得這裡是客廳，因為沒什麼裝飾，有兩扇窗戶，排放著很多書，看來克雷格老師在家時多是待在這裡吧。老師看到我，「唷」了一聲，伸出手；我以為他要和我握手，便主動迎上去，老師卻沒這意思。反正我覺得握手也沒多好，便想說算了。但每次去他那裡，他還是會驚呼一聲，頗不情願地伸出毛茸茸、滿布皺紋的手，只能說習慣還真是件不可思議的事。

這隻手的主人是我要請益的對象。想起我們初次見面時，我提及學費如何支付時，他回了句「這個嘛」，瞄了一眼窗外，說道：「一次七先令，如何？要是覺得貴，可以再少算些。」就這樣每次七先令，累計到月底一次付清，不過老師有時也會主動開口：「我最近手頭有點緊，你能先繳些學費嗎？」我「喔」一聲，從褲袋掏錢遞向他，只見老師躊躇地伸手接過，瞅了一眼掌心，才將錢收進褲袋。令人困擾的是，老師從不找零。我想說多繳的錢就轉作下個月的學費，可是一到下週，老師又說他想買幾本書，催促我先繳些學費。

老師是愛爾蘭人，說起話來口音重，很難懂。要是急起來就像是東京人和薩摩人[1]吵架般，更聽不懂他說些什麼。偏偏老師是個性急之人，所以遇到這般麻煩事，我也只能聽天由命，怔怔地望著他的臉。

那張臉還真是非比尋常，雖然有著洋人的高挺鼻梁，卻分成兩截，而且鼻頭過於厚實，這一點倒是與我相像；但這種鼻子給人的初見印象通常都不太好，何況他還長了一鼻孔蓬亂鼻毛，增添幾分粗獷味。他那一嘴花白鬍鬚也長得很雜亂，記得有次我在貝卡大街遇見他時，覺得他像個馬車伕，只差手上沒拿根鞭子。

我從沒見過老師穿白襯衫或白領的衣服。他總是穿著法蘭絨條紋襯衫，腳上穿著毛茸茸的拖鞋，兩隻腳都快伸進暖爐裡，然後不時敲敲短短的大腿。這時，我才察覺他那每次總是伸得不太情願的手上戴著一枚金戒指。他有時也會一邊揉捏大腿，一邊教導我；不過，我也不太清楚他到底教了些什麼。我要是提問，他就會扯到他感興趣的話題，壓根兒就不想為我解惑；而且他感興趣的話題總是隨時節轉換、天氣變化而不同；有時甚至今天和昨天說的，簡直天差地別。說得難聽些，根本就是信口雌黃；說得好聽一點，就是和我討論文學吧。如今回想，一次才七先令，怎麼可能講求授課品質，所以老師會這樣也是理所當然，是有所不滿的我太愚蠢。老師的腦子如同他的鬍子，就是亂無章法的教學風格，倒也符合如此低廉的學費，所以還是別太要求的好。

老師擅長寫詩，每次朗誦詩句時，從臉到肩膀一帶猶如縷縷熱氣般顫動著。這可不是我胡謅，是真的。不過，想到他不是朗誦給我聽，而是一派自得其樂，就覺得自己吃虧了。有一次，我帶了一本史溫本[2]的《洛札蒙特》，老師說借他看一下，才朗誦了兩三行，便將書倒放於膝上，刻意摘下夾鼻眼鏡，嘆氣道：「哎呀！不行、不行、不行！史溫本就跟他寫的詩一樣老朽不堪啊！」這時，就讓我愈想去讀讀史溫本的詩。

老師總將視我為孩子，時常問我一些愚蠢問題，「你知道這個嗎？」、「你明白那種事嗎？」有時他又突然視我為同輩，問些甚為困難的事。他曾在面前朗讀的詩，然後問我：「有人說華特森[3]的這首詩，類似雪萊[4]的作品，也有人說根本完全不同，你覺得呢？」對我來說，西方詩作必須先讀過，然後請人朗誦一遍，才能明白其意，所以只能敷衍回應。我早已忘了到底像不像雪萊的詩，但可笑的是，那時老師照例拍了一下大腿，說了句：「我也這麼認為。」可是讓我惶恐至極。

有時，老師會從窗子探頭，俯瞰街上熙來攘往的行人，對我說：「你瞧，往來行人如此多，但懂詩的人一百個找不出一個，真是悲哀啊！英國人真是個不懂詩的民族啊！相較之下，愛爾蘭人可就厲害多了。遠比英國人高尚。我不得不說，懂得品詩的你、我可真是有福之人。」他將我視為懂詩一派，著實令我受寵若驚，但他仍舊對我頗為冷漠，所以我不覺得和他有多投緣，純粹覺得他是個愛嘮叨的老人家。

不過，後來發生了一件事。我厭倦自己原先租住的地方，想說搬來與老師同住，於是某天上完課，我向他提出這請求。只見老師馬上拍了一下大腿，說道：「原來如此，隨我來，我帶你四處看看。」從飯廳、女傭房間、廚房等，逐一看過。位於四樓邊角的住處本來就不是很寬敞，所以花了二、三分鐘便看完了。老師坐回他的老位子，我以為他會委婉拒絕：「我家就這麼一點大，沒地方讓你住。」不料他突然提起華特・惠特曼[5]還說惠特曼曾在他家暫住過一陣子。因為老師說話速度飛快，我聽得一知半解，大概是說惠特曼來過他這裡……，起初讀他的詩，總覺得根本不是詩，但讀過幾遍後，愈讀愈覺得有意思，後來便非常喜愛了。所以說啊……。

看來學生請託他的事，早已被拋到九霄雲外。我只好聽天由命地敷衍回應。反正他就是說雪萊跟誰起爭執，說自己覺得吵架不好，不希望看到兩個自己很欣賞的人吵成一團。就算再怎麼不認同，也是幾十年前的事了。現在說這些也無濟於事。

老師的個性頗為粗枝大葉，時常看完書沒有物歸原位，一旦找不到就會急得跳腳，高聲大喊正在廚房忙著的老女傭，老女傭也是一臉驚愕地現身客廳。

「我、我的《華滋華斯》[6]擱哪兒去了？」

老女傭仍舊瞠著和盤子一樣大的眼，趕緊盯著書架尋找，而且不管表情再怎麼驚愕，她還是能準確無誤地找到《華滋華斯》，然後語帶責備地說句「Here,Sir」，將書遞給老師。老師活像一把奪過去似的接過書，一邊用兩根手指頭敲敲髒污的書封，說道：「就來上這本吧……。」只見老女傭睜著更顯錯愕的雙眼，走回廚房。老師敲著《華滋華斯》有二、三分鐘之久，始終沒打開好不容易找到的這本書。

老師有時會寫信給我，但字跡潦草到無法判讀。明明只是兩三行字，卻得花時間反覆看個好幾遍，還是無法完全理解。後來我才弄明白老師之所以給我寫信，準是他有事無法上課，也就省事不少。偶爾，老師也會讓老女傭代筆寫信，信就好讀多了。老師雇了個祕書，他嘆氣地對我說：「我的字真是糟透了。」

你的字可比我好多了。」

用這種字寫的稿子會是什麼模樣呢？著實令人擔憂。老師出版過《雅丁．莎士比亞》一書，看來他的字還是有變成活字版的資格。老師還滿不在乎地寫了序文，做了筆記；不僅如此，他還叮囑我讀他寫在《哈姆雷特》一書裡的序文。當我下回上課時，告訴他這篇序文很有趣，他便要我回日本後，一定要多多介紹這本書。回國後的我在大學任教時，《雅丁．莎士比亞》和《哈姆雷特》這兩本書著實對我助益不少，至少我認為再也沒有比《哈姆雷特》寫得更周延、更有要點的書，可惜那時我沒意識到這一點，但老師對於莎士比亞的研究本來就令我十分驚豔。

客廳轉角處有間六疊榻榻米大的小書房。其實老師就是將巢築在四樓的某處角落，而這角落中的角落放著老師最珍愛的物品……，一整排共十本長約一尺五，寬約一尺的藍色封面筆記本，老師隨時都會將抄寫在紙片上的文句抄寫在藍色筆記本上，猶如吝嗇鬼慢慢攢錢般，這可是他這輩子的一大樂趣，所以只要在書房待上片刻，就會明白這些藍色書封都是《莎翁辭典》的原稿。聽說老師為了完成這部大作，放棄威爾斯某所大學的文學教授座席，每天一得空便去大英博物館。連大學教授的位子都能拋諸腦後了。所以草草應付一堂課只付七先令的學生也是理所當然，畢竟終日盤桓在老師腦中的只有這部辭典。

我曾問老師：「不是有部史密特寫的《莎翁辭典》嗎？幹嘛還要編寫這部辭典呢？」只見老師語帶輕蔑地說：「你瞧瞧這個。」拿了史密特寫的那部作品給我看。我翻開一瞧，前後兩卷綴滿了文字，一片黑壓壓，沒有一頁完整。我「啊」的驚呼一聲，怔怔瞧著手上的史密特作品。老師一臉得意地說：「你要是編寫一部跟這水準差不多的東西，我就用不著費心教導囉。」又用兩根手指頭敲了敲被塗寫得一片黑的辭典。

「您是從什麼時候開始做這件事呢？」我問。

老師起身，走向對面的書架，一個勁兒地翻找，結果又一如往常地焦急大喊：「簡！簡！我的那本杜田[7]擱哪兒了？」

老女傭還沒奔來，老師就不停大聲嚷嚷。老女傭又一臉錯愕地趕來，一如往常不耐煩地說句「Here,Sir」，將書遞給老師後，隨即離去。老師沒空理會她的不禮貌，迫不急待地翻開書，指著一處地方說：「你瞧這裡。杜田把我的名字清清楚楚地寫在這裡，特地寫上研究莎翁的專家克雷格先生。這本書是一八七幾年出版的，我的研究可比它早多了。」先生的耐心與毅力令我折服，隨口問道：「您什麼時候能完成？」老師一邊將手上的書放回原處，回道：「我也不清楚，寫到嚥下最後一口氣的時候吧。」

從那之後，我有好長一段時間沒去老師家學習。之前老師曾問我：「日本的大學需要洋人教授嗎？我要是年輕些，可能會去日本教書吧。」他說這話時，臉上流露著彷彿意識到人生無常的神情，這也是唯一一次看到他感傷的模樣。我安慰他：「您還年輕，不是嗎？」他回道：「不年輕囉。什麼時候會碰上什麼事，可是很難說啊！」他落寞地說自己已經五十六歲了。

我回日本兩年後，新出來的一本文藝雜誌上刊登克雷格老師的死訊，上頭只寫著「他是研究莎翁的學者專家」兩三行字而已。我放下雜誌，心想那部未完成的辭典說不定成了一堆廢紙。

譯註1　薩摩是以往的西海道十國之一，位於現在九州南部與鹿兒島西半部。

譯註2　Algernon Charles Swinburne，英國維多利亞時代的著名詩人、劇作家。

譯註3　Thomas Watson，英國詩人。

譯註4　Percy Bysshe Shelley，英國浪漫派詩人。

譯註5　Walter Whitman，美國詩人、散文家。

譯註6　William Wordsworth，英國浪漫時期的代表詩人。

譯註7　Edward Dowden，以研究莎翁戲劇聞名的英國詩人兼評論家。

小感日常16

夏目漱石短篇集：夢十夜與永日小品

和日本文豪一起做夢與生活

作　　者　夏目漱石
譯　　者　楊明綺
策　　劃　好室書品
特約編輯　陳靜惠、盧琳
校對協力　黃子瑜、藍勻廷
封面設計　何仙玲
內頁排版　洪志杰

發 行 人　程顯灝
總 編 輯　呂增娣
資深編輯　吳雅芳
編　　輯　藍勻廷、黃子瑜
美術主編　劉錦堂
行銷總監　呂增慧
資深行銷　吳孟蓉
發 行 部　侯莉莉
財 務 部　許麗娟、陳美齡
印　　務　許丁財
出 版 者　四塊玉文創有限公司

總 代 理　三友圖書有限公司
地　　址　一〇六台北市安和路二段二一三號四樓
電　　話　(02)2377-4155
傳　　真　(02)2377-4355
電子郵件　service@sanyau.com.tw
郵政劃撥　05844889 三友圖書有限公司

總 經 銷　大和書報圖書股份有限公司
地　　址　新北市新莊區五工五路二號
電　　話　(02)8990-2588
傳　　真　(02)2299-7900

製版印刷　卡樂彩色製版印刷有限公司

初　　版　二〇二一年一月
定　　價　新台幣二八〇元
ＩＳＢＮ　978-986-5510-47-3（平裝）

版權所有・翻印必究
書若有破損缺頁　請寄回本社更換

國家圖書館出版品預行編目 (CIP) 資料

夏目漱石短篇集：夢十夜與永日小品：和日本文豪一起做夢與生活 / 夏目漱石 著 ; 楊明綺 譯 .-- 初版 .-- 台北市 : 四塊玉文創 ,2021.01　面 ;　公分 . -- (小感日常 ;16)
ISBN978-986-5510-47-3(平裝)

861.67　　109019541

SANYAU
http://www.ju-zi.com.tw
三友圖書
友直 友諒 友多聞

廣　告　回　函
台北郵局登記證
台北廣字第2780號

地址：　　　縣/市　　　鄉/鎮/市/區　　　路/街

段　　巷　　弄　　號　　樓

SANYAU

三友圖書有限公司 收

SANYAU PUBLISHING CO., LTD.

106　台北市安和路2段213號4樓

SANYAU
三友圖書
讀書俱樂部

「填妥本回函，寄回本社」，即可免費獲得好好刊。

粉絲招募歡迎加入
臉書／痞客邦搜尋
**「四塊玉文創／橘子文化
食為天文創
三友圖書－微胖男女編輯社」**
加入將優先得到出版社
提供的相關優惠、
新書活動等好康訊息。

四塊玉文創╳橘子文化╳食為天文創╳旗林文化
http://www.ju-zi.com.tw
https://www.facebook.com/comehomelife

【黏貼處】對折後寄回，謝謝。

親愛的讀者：

感謝您購買《夏目漱石短篇集：夢十夜與永日小品：和日本文豪一起做夢與生活》一書，為感謝您對本書的支持與愛護，只要填妥本回函，並寄回本社，即可成為三友圖書會員，將定期提供新書資訊及各種優惠給您。

姓名＿＿＿＿＿＿＿＿＿＿ 出生年月日＿＿＿＿＿＿＿＿＿＿
電話＿＿＿＿＿＿＿＿＿＿ E-mail ＿＿＿＿＿＿＿＿＿＿
通訊地址 ＿＿＿＿＿＿＿＿＿＿＿＿＿＿＿＿＿＿＿＿
臉書帳號 ＿＿＿＿＿＿＿＿＿＿ 部落格名稱 ＿＿＿＿＿＿＿＿＿＿

1 年齡
☐ 18 歲以下 ☐ 19 歲～ 25 歲 ☐ 26 歲～ 35 歲 ☐ 36 歲～ 45 歲 ☐ 46 歲～ 55 歲
☐ 56 歲～ 65 歲☐ 66 歲～ 75 歲 ☐ 76 歲～ 85 歲 ☐ 86 歲以上

2 職業
☐軍公教 ☐工 ☐商 ☐自由業 ☐服務業 ☐農林漁牧業 ☐家管 ☐學生
☐其他＿＿＿＿＿＿＿＿

3 您從何處購得本書？
☐網路書店 ☐博客來 ☐金石堂 ☐讀冊 ☐誠品 ☐其他＿＿＿＿＿＿＿＿
☐實體書店＿＿＿＿＿＿＿＿

4 您從何處得知本書？
☐網路書店 ☐博客來 ☐金石堂 ☐讀冊 ☐誠品 ☐其他＿＿＿＿＿＿＿＿
☐實體書店＿＿＿＿＿＿＿＿
☐ FB(四塊玉文創 / 橘子文化 / 食為天文創 三友圖書－微胖男女編輯社)
☐好好刊（雙月刊）☐朋友推薦 ☐廣播媒體＿＿＿＿＿＿＿＿

5 您購買本書的因素有哪些？（可複選）
☐作者 ☐內容 ☐圖片 ☐版面編排 ☐其他＿＿＿＿＿＿＿＿

6 您覺得本書的封面設計如何？
☐非常滿意 ☐滿意 ☐普通 ☐很差 ☐其他＿＿＿＿＿＿＿＿

7 非常感謝您購買此書，您還對哪些主題有興趣？（可複選）
☐中西食譜 ☐點心烘焙 ☐飲品類 ☐旅遊 ☐養生保健 ☐瘦身美妝 ☐手作 ☐寵物
☐商業理財 ☐心靈療癒 ☐小說 ☐繪本 ☐其他＿＿＿＿＿＿＿＿＿＿＿＿

8 您每個月的購書預算為多少金額？
☐ 1,000 元以下 ☐ 1,001 ～ 2,000 元 ☐ 2,001 ～ 3,000 元 ☐ 3,001 ～ 4,000 元
☐ 4,001 ～ 5,000 元 ☐ 5,001 元以上

9 若出版的書籍搭配贈品活動，您比較喜歡哪一類型的贈品？（可選 2 種）
☐食品調味類 ☐鍋具類 ☐家電用品類 ☐書籍類 ☐生活用品類 ☐ DIY 手作類
☐交通票券類 ☐展演活動票券類 ☐其他＿＿＿＿＿＿＿＿

10 您認為本書尚需改進之處？以及對我們的意見？
＿＿＿＿＿＿＿＿＿＿＿＿＿＿＿＿＿＿＿＿＿＿＿＿＿＿＿＿＿＿

感謝您的填寫，

您寶貴的建議是我們進步的動力！

【黏貼處】對折後寄回，謝謝。